Felix Bornhauser

Und der Rhein fliesst weiter abwärts

Originalausgabe 2021
Copyright 2021: IL-Verlag
Copyright 2021: Felix Bornhauser
Umschlagbild: Iris Lydia Frei
Satz: IL-Verlag
ISBN: 978-3-907237-49-6

Felix Bornhauser

Und der Rhein fliesst weiter abwärts

Baselkrimi mit Hauptkommissar
Schmeitzky und seinem Team

Prolog

Hyper-Hyper 24 war mitnichten eine neue, riesengrosse Bahn, die zur grossen Freude des Publikums an der Basler Herbstmesse zum Einsatz kam. Hyper-Hyper 24 war die grosse, eher unliebsame denn erfreuliche Überraschung.

Der Hyper-Hyper24-Virus war sozusagen über Nacht da – er überfiel die Bevölkerung in aller Welt wie aus heiterem Himmel. Aus einem wunderbaren, mit feinen Kumuluswolken durchzogenen tiefblauen Frühlingshimmel.

Hy-Hy24, wie der Virus Hyper-Hyper24 von den Printmedien flugs auf frontseitenfreundliche Masse zurückgestutzt wurde, riss die Menschen abrupt aus ihrer, von den Unruhen in den bis zum Verdruss bekannten immer gleichen Kriegsschauplätzen abgesehen, kaum mehr gestörten Beschaulichkeit. Sie wurden mir nichts dir nichts in eine neue Dimension der Unsicherheit und des Grauens befördert. Dass Patienten je nach Krankheitszustand hyperventilierten, und dass der Erstickungstod ohne vorherige Symptome plötzlich eintreten konnte, war in der Medizin ein schon lange bekanntes Phänomen. Dass abertausende und abertausende für gesund erachtete Menschen auf einmal im Lift stehend, in einer idyllischen Parkanlage sitzend oder beim Einkaufen mit vor Anstrengung tränenden Augen und in panischer Angst nach Luft schnappten, war eine vollkommen überraschende, ja geradezu unfassbare Erscheinung. Die Notfallstationen in den Krankenhäusern waren überfüllt von nach Hilfe suchenden Leuten, die dringendst auf ärztliche Hilfe angewiesen waren und zu ersticken drohten. Und trotz der sichtbaren Leiden der Menschen war es, bis auf das verzweifelte Ringen um Luft, gespenstisch ruhig in den brechend vollen Wartesälen und Gängen der Spitäler. Es blieb den Menschen buchstäblich kein Atem mehr, um ihre psychischen Schmerzen herauszuschreien. Die mit weit geöffneten, flatternden weissen Kitteln hektisch herum wieselnden Ärzte, Krankenpflegerinnen und Krankenpfleger versuchten vergebens über ihre Handys von den unsichtbaren Experten verlässliche Informationen über das Vorgehen für die Behandlung dieses ihnen völlig unbekannten Krankheitsbildes zu erlangen. Mehr als der banale Hinweis, dass das Spritzen von Beruhigungsmitteln im Moment das Beste sei, war in den meisten Fällen nicht zu bekommen. Die Furcht zu ersticken, liess manche Patienten kollabieren und sich nur noch leise winselnd auf den kalten Spitalböden winden.

Im Laufe der schrecklichen Stunden wurden über die verschiedensten Nachrichtenkanäle erste Todesfälle aus Regionen der Welt ruchbar, die medizinisch weniger gut versorgt waren als die Institutionen in Europa. Hy-Hy24 griff rasant um sich und verbreitete Angst und Schrecken. Global und durch alle Bevölkerungsschichten. Die Politiker wagten sich in ihren ersten zaghaften Kommentaren noch nicht auf die Äste hinaus. Sie äusserten sich zu der prekären Lage vorerst in dünnen, nichtssagenden Presse-Communiqués und liessen verlauten, dass man auf dem besten Weg sei zusammen mit den Sachverständigen der Situation auf den Grund zu gehen. Wichtige Erkenntnisse und Resultate würden bald zur Verfügung stehen und kommuniziert werden. Um die richtigen Worte besorgt meldeten sich über die verschiedensten Nachrichtenkanäle bald die ersten Experten – aber was waren die richtigen Worte? – mit zum Teil hanebüchenen Erklärungsversuchen zu den schrecklichen Vorkommnissen. Aus der Luft gegriffene Schuldzuweisungen an irgendwelche Adressen brachten keine Veränderung der prekären Situation. Die Lage verschlimmerte sich stündlich – und niemand hatte auch nur die geringste Ahnung, was zu tun war, um der schrecklichen, scheinbar unaufhaltbaren Seuche ein Ende zu setzen.

Magenta ‚Do not disturb'

Felix Magenta hing lang ausgestreckt, irgendwie tiefenentspannt, die Arme leger auf die weichen, ledernen, olivfarbenen Armlehnen seines Sessels gelegt, in seiner luxuriös ausgestatteten und hell erleuchteten Suite des Grand-Hotels ‚Les Trois Rois', das in bester Lage am Ufer auf der Grossbasler Seite des Rheins stand. Felix fühlte sich immer wohl, wenn das Licht hell brannte. Das vermittelte ihm ein Gefühl von Sicherheit und Geborgenheit. Ein Gefühl, das er in seiner Jugendzeit nicht gekannt hatte. Das ziselierte Schildchen mit dem in feiner Schrift gravierten Hinweis – *Do not disturb / ne pas déranger* – hatte er aussen an den Türknopf gehängt. Felix Magenta wollte seine kleine Auszeit in Ruhe geniessen.

Magenta sah gut aus, eigentlich wie immer, wenn es im geschäftlichen Bereich gut gelaufen war. Wenn nur das kleine schwarze Loch über seiner Nasenwurzel nicht gewesen wäre, aus dem ihm ein paar Tropfen Blut ins linke Auge gelaufen waren, hätte er das Bild eines zutiefst zufriedenen Berufsmannes abgegeben. Die zwei Eiswürfel, die er wider besseres Wissen in seinen mit drei Fingerbreit nicht zu knapp bemessen eingeschenkten achtzehnjährigen Glenmorangie gegeben hatte, hatten sich aufgelöst und sich mit dem edlen Tropfen aus den schottischen Northern Highlands vermischt. Aber eben, das kleine schwarze Loch über seiner Nasenwurzel veränderte vieles.

Was zuvor geschah
Felix Magenta, curriculum vitae

Der mittlerweile zweiundfünfzigjährige Felix Magenta verbrachte seine Jugendzeit in Honfleur an der Seine-Mündung in der Normandie. Vater und Mutter Magenta hatten die kleine Bäckerei ‚Chez Basile' im Hafen der beschaulichen Kleinstadt in der dritten Generation geführt. Ihre Spezialität war neben Backwaren die Käserei, die ihr Vater als zweites Standbein aufgebaut hatte. Felix war mit zwei Geschwistern, der um drei Jahre jüngeren Schwester Ségolène und dem um zwei Jahre älteren Bruder Maxime-Marco aufgewachsen. Doppelnamen hatten in der Familie Magenta überhaupt keine Tradition. Da sich die Eltern aber auf keinen Namen einigen konnten – der Vater war italienischer Abstammung, die Mutter gehörte dem uralten Honfleurgeschlecht der Durands an – kamen sie überein, den zweiten Sohn mit einem Doppelnamen in das Geburtenregister eintragen zu lassen.

Und der Rhein fliesst weiter abwärts

Der Schüler Felix Magenta gehörte nicht zu den grossen Leuchten seines Jahrgangs. Er sass seine Schulzeit als Hinterbänkler ab. Trotzdem bekam er die begehrte Lehrstelle bei Angelini Pharma, die ihm sein Vater, dank seiner guten, ja fast freundschaftlichen Beziehungen zu einem Römer Gast, der sicherlich seit fünfzehn Jahren regelmässig für drei Wochen nach Honfleur in die Ferien kam, im fernen Rom besorgt hatte. Nach Abschluss der Lehre, an die er noch zwei weitere Angelinijahre als Angestellter angehängt hatte, um Berufserfahrung zu sammeln, zog es ihn nach Slough in England zur Allchem, wo er sich sehr wohl fühlte und wo er die englische Sprache vertieft sprechen und lesen lernen konnte. Nach Slough führte ihn der Berufsweg weiter nach Berlin zur BASF Human Resources. Ein Wechsel nach Deutschland war etwas, das er sich bis vor wenigen Jahren nie hätte vorstellen können. In seiner Familie herrschten zwar nicht gerade Hass, aber doch Ressentiments gegenüber allem Deutschen, die Grundstimmung war eindeutig ‚was nicht sein muss, muss nicht sein'. Den grössten Schritt in seiner Karriere vollzog Felix, nachdem er seinen vierzigsten Geburtstag längst hinter sich gebracht hatte. Eine der führenden Weltfirmen aus Basel trat mit dem grosszügigen, unwiderstehlichen Angebot an ihn heran, für sie in Penzberg zu arbeiten. Das Unternehmen holte ihn dann später, wie vertraglich vereinbart, von Penzberg in die Basler Zentrale für Forschung und Entwicklung.

Felix Magenta arbeitete nun schon seit drei Jahren in Basel und verdiente ein Heidengeld in der chemischen Industrie, aber zu einer eigenen Wohnung hatte er sich nicht durchringen können. Er verbrachte so viel Zeit in den Räumlichkeiten seines Arbeitgebers, da blieb er lieber in seinem gut und zweckvoll eingerichteten Zimmer im Hotel Dorint wohnen und liess die Bediensteten den Haushalt machen. Dank dem zunehmenden Geldfluss, der neben seinem ansehnlichen Lohn zusätzlich aus Börsengeschäften und anderen lukrativen Investitionen bestand, war er vor wenigen Monaten vom Kleinbasel auf die Grossbaslerseite ins renommierte Grand-Hotel ‚Les Trois Rois' gewechselt. Im besten Haus am Platz hatte er die River Suite Balcony bezogen, die erfreulicherweise frei geworden war, weil der langjährige Dauermieter, ein in der Kunstwelt angesehener Gemäldehändler, unvermittelt verstorben war. Vom Balkon der Suite aus konnte er, immer wenn ihm danach zu Mute war, rheinaufwärts einen Blick auf die Potenz und Macht ausstrahlenden Gebäude seines Arbeitgebers werfen. Seine Abendessen nahm Magenta jeweils in einer seiner fünf, sechs Lieblingsbeizen ein. Er wollte nach Feierabend nicht noch kochen müssen, um zu den nötigen Kohlehydraten und Kalorien zu kommen. Als Liebhaber von Cordon bleu, mit einer Scheibe Gruyères, die nicht mehr als 30 Gramm haben durfte, mit Pommes allumettes und dem dazu passenden Charta Riesling war Magenta glücklich. Er freute sich sehr, dass eine zunehmende Zahl Restaurants dieses Gericht im Angebot hatte. Felix konnte sich diesen Lebensstil ohne finanzielle Probleme leisten, da sich sein Arbeitgeber an den Ausgaben für Unterkunft, Essen und vor allem für Getränke mit einem ansehnlichen Betrag beteiligte. Er hatte das attraktive Basel, die Basler mit ihrem selbstironischen Humor und ihrer vornehmen Zurückhaltung ziemlich schnell schätzen und lieben gelernt. Zudem gab es in der Stadt auch einige Pubs, deren Besuch sich stets lohnte.

Diese britische Art der Geselligkeit hatte es ihm in Slough angetan sowie auch die wöchentlichen Pubquizes, die er damals mit seiner irischen Freundin Siobhan nach Möglichkeit jeden Donnerstag besucht hatte. Siobhan hatte er es auch zu verdanken, dass er in die teilweise selbstzerstörerischen Trinkgelage mit pints à discrétion von Kilkenny über Murphy's bis zu Smithwick's verwickelt wurde. Siobhan war eine fanatische Biertrinkerin gewesen. Aber dieselbe Siobhan war mit ihrem kleinen grauen Morris stets auch dafür besorgt, dass er wohlbehalten vom ‚Rose & Crown' in seine schlichte, unbeheizte Zweizimmerwohnung an der Stanhope Road zurückkam.

Die Frage um das Problem des Familiennachwuchses zu lösen, mit der ihm seine Mutter andauernd in den Ohren lag, hatte er bis anhin nicht geschafft. Sein berufliches Vorwärtskommen war ihm zu wichtig, als dass er hätte Kinder grossziehen wollen – und da fehlte auch die richtige Frau dazu! Er hatte allerdings einige interessante Dates gehabt, aber dabei war es geblieben. Am faszinierendsten für eine spätere Verbindung schien Magenta Gretchen zu sein. Gretchen hatte bei einem Geschäftsapéro aushilfsweise serviert und hatte Felix wegen ihrer ungezwungenen Art und dem tollen Service imponiert. Ein kleiner Flirt nach dem Abschluss des Umtrunks lag gerade noch drin, aber an ein ernstes Date war nicht zu denken, nachdem Gretchen ihm unverblümt gesagt hatte, dass sie keine Lust auf körperlichen Kontakt mit einem Mann verspürte.

Im Laufe der Zeit hatte Magenta in Basel seinen eigenen Weg vom ‚Les Trois Rois' an seinen Arbeitsplatz auf der anderen Seite des Rheins herausgefunden. Anlässlich eines Brunchs hatte er von Björn, einem etwas linkischen Labornachbarn, der aus Lulea in Schweden zur Basler Chemie gestossen war, den Tipp bekommen, er solle doch mal ‚versuchen' mit der Fähre vom Gross- ins Kleibasel zu fahren. „Am frühen Morgen über den Rhein geschaukelt zu werden und die einzigartige Aussicht auf das Altstadtpanorama zu geniessen, ist ein wunderbares Erlebnis!", hatte dieser ihm vorgeschwärmt. Felix

Magenta hatte den Versuch gewagt. Er hatte den mühsamen Weg den Rheinsprung hinauf bewältigt und war am Münster vorbei die Stufen von der Pfalz runter zur Anlegestelle am Rhein gestiegen. Mit der Fähre über den Rhein zu setzen war, wie Björn es prophezeit hatte, phänomenal. Nach mehreren dieser Fahrten war es für Felix Magenta nicht mehr wegzudenken, nicht mit dem ‚Leu', so hiess seine Fähri, ins Kleinbasel zu fahren. Manchmal benutzte er auch die Fähre, die etwas weiter von seinem Arbeitsplatz entfernt über den Fluss fuhr und ging von der Anlegestelle zu Fuss zum ‚Les Trois Rois'. Es gelang ihm in all den Basler Jahren nicht, sich die Namen der vier verschiedenen Fähren, die die Leute fast bei jedem Wetter über den Rhein schipperten, im Gedächtnis zu behalten. Einzig ‚Leu', der Name seiner Fähre, blieb ihm haften.

Einkleidung der Les Trois Rois

Einmal hatte es Magenta fast den Atem verschlagen, als er kurz nach seinem Einzug in seine Suite beim Verlassen des ‚Les Trois Rois' einen Kran vor der Fassade des Hotels hatte stehen sehen. Und da waren Handwerker, die damit beschäftigt waren, den Wahrzeichen des Hotels, den drei Königen eben, bunte Kleider anzuziehen – blaue Blusen und weisse Hosen! Und dazu die Furcht einflössenden Gesichter mit den riesigen Knollennasen, die sie den stolzen Königen umgehängt hatten! Und dies alles unter den Augen von Dutzenden gut gelaunten, teils sogar applaudierenden Beobachtern des unfassbaren Ereignisses. Natürlich hatte der Concierge ihn aufgeklärt, als er Magentas ungläubiges Staunen über den unerklärlichen Vorgang bemerkte, und ihm gesagt, dass dies eine vor über drei Jahrzehnten von einer Clique eingeführte Fasnachtstradition sei. Diese Zeremonie würde den baldigen Beginn der weit über die Grenzen hinaus berühmten Basler Fasnacht anzeigen.

Wo hatte der Hypervirus seinen Ursprung?

Niemand wusste, wo der Virus herkam. Die einzige verlässliche Tatsache war, dass das Hyper24-Virus seine ersten Spuren in England hinterlassen hatte. Frühe Annahmen der Sachverständigen gingen davon aus, dass sich der Virus möglicherweise nach dem Absturz eines Transportflugzeugs des weltweit tätigen Unternehmens Globe Food Health entwickelt hatte. Der Flug ZK249 dieser Firma war bei miserablen Windverhältnissen aus Uruguay kommend, kurz vor der Landung in Mittelengland in die angebauten Felder mit den Produkten, die der Ableger der Firma vertrieb, abgestürzt. Dies könnte, so die Meinung der Sachverständigen, eine spontan erzeugte Veränderung im Erbbild der Pflanzen hervorgerufen haben und sich mit der Auslieferung der fertigen Produkte verbreitet haben. Diese Version war nur eine der vielen hilflosen Erklärungsversuche für die plötzlich ausgebrochene Pandemie, der in den folgenden Tagen und Wochen noch viele andere ebenso abenteuerliche Versionen folgen sollten. Jede Fernseh- und Radiostation hatte eigene Experten in ihren Reihen, die gut darin waren, immer neuere und gewagtere Thesen in die Welt zu setzen.

Bruder Magnus

Innert kürzester Zeit tauchten die ersten Skeptiker, Besserwisser, Experten, und Sachverständigen auf, die an den Erlassen der Regierungen kein gutes Haar liessen. Sie lehnten sich auf gegen die ergriffenen Massnahmen und lebenserschwerenden Eingriffe in den gewohnten Alltag. Erwähnenswert ist in diesem Zusammenhang das ganz kuriose Beispiel der Basler Gemeinschaft von Bruder Magnus, welches tagelang die Schlagzeilen der Klatschpresse beherrschte. Magnus, der die religiös gefärbte Gemeinschaft ‚Zum vollen Kelch' ins Leben gerufen hatte, ernannte seine Hauswirtin und Geliebte Rita zur Santa Ladina und etablierte diese als ‚die gnädige Dame' der irrgläubigen Bewegung. Magnus hatte mit missionarischem Eifer seine willige Anhängerschaft dazu aufgerufen, ihre Siebensachen zu packen und ihm ins luzernische Fontannental zu folgen. Der Sektenführer hatte dort in unwegsamem Gelände einen alten heruntergewirtschafteten Bergbauernhof erstanden. Sein Vorhaben war es, sich in Zeiten, in denen die Leute einer schweren Prüfung unterzogen wurden wie jetzt, mit seiner Gemeinschaft in die Einöde zurückziehen zu können. Siebenundvierzig Anhänger der Lehre Magnus', davon 21 ungetaufte Kinder, hatten dem Aufruf himmelhochjauchzend Folge geleistet. Von einem Tag auf den anderen verschwanden Magnus und das Schicksal seiner verzückten Jünger aus den Schlagzeilen. Andere, verkaufsträchtigere Themen – wie Masken tragen, testen, testen, Hände waschen und Abstandhalten – rückten immer mehr und prominenter in den Vordergrund.

Die Virologen-Pandemie

Alle drängten sich um die Honig-Töpfe, die gute Gewinne und Ansehen in der Umgebung von pharmazeutischen Unternehmungen abzuwerfen versprachen. Weltweit. Die Virologie-Experten wuchsen aus dem Boden wie aus ausserordentlich fruchtbaren Äckern. Private Fernseh-Stationen bestellten schon frühmorgens Persönlichkeiten aus dem öffentlichen Leben ins Studio, die den Frühaufstehern über die Frühschoppenkanäle sagten, was Sache ist und wie man mit dem gefährlichen Virus Hyper24 umzugehen habe. Gegen zehn Uhr, gleich nachdem die offiziellen staatlichen Nachrichten zum Geschehen verlesen waren, wurden frische Gesichter aus der Halbprominenz vor die Kameras platziert. Diese gaben, nur von zehn bis fünfzehnminütigen Werbeeinblendungen unterbrochen, ihre geheimen Erlebnisse mit dem Virus zum Besten. Gegen Mittag besetzten die Experten des neuen Sendegefässes ‚Phänomen Virus' die gepolsterten Sessel an den runden TV-Tischchen. Und immer lief am unteren Bildrand das Informationsband mit, das das aktuelle Geschehen global abgedeckt und brühwarm in die Häuser lieferte – und das den Aussagen der Experten teilweise völlig widersprach. Die Abfolge der Hyper24 Sendungen blieb Tag für Tag die gleiche und schloss gegen Mitternacht mit der ‚Täglichen Zusammenfassung der Ereignisse'.

Natürlich konnte die gedruckte Presse nicht tatenlos hintenanstehen. Das Hochglanzheft ‚Heim & Pferd' zum Beispiel brachte, auf sechs Seiten gestreckt, die bewegende Geschichte des frühpensionierten Hans W. (62) und seiner Frau

C. (58), die in ihrem Anwesen mit Blick auf den See klagten, dass „ihnen bald die Decke auf den Kopf falle", sollte sich die Sache mit dem Hyper24 noch lange hinziehen. „Und die Bediensteten darf man auch nicht mehr ins Haus lassen! Ja, wo leben wir denn!", jammerte Hans W. mitleiderregend aus der vierfarbigen Seite des Heftes direkt in die Augen der weniger gut betuchten Bürger blickend.

Die rege benutzten, ja fast übervollen ‚Briefkästen für unsere Leser' der Tageszeitungen waren voll mit lobenden und ebenso mit vorwurfsvollen Worten für die Massnahmen, die die Regierungen der Kantone und der Bundesrat erliessen, um die Bevölkerung vor dem Hy-Hy24 zu schützen. Die geäusserten Meinungen der Leserschaft waren selbstverständlich geteilt, aber in der Mehrheit wurden die Ansichten der Politiker unterstützt und gutgeheissen. Sie zeigten aber auch deutlich auf, dass eine riesige und stetig wachsende Heerschar an Experten und Sachverständigen sich leidenschaftlich um die Vorgänge rund um den Hyper24-Virus kümmerten.

Impfstoff – der Hoffnungsschimmer

Die Meldung, dass den Forschern eines Grossen der in Basel ansässigen, chemischen Industrie auf der Suche nach einem hochwirksamen Impfstoff ein Treffer gelungen sei, schlug hohe Wellen und ging wie ein Lauffeuer rund um den Erdball. Das war ein leiser Hoffnungsschimmer der sich am Horizont zeigte im Kampf gegen den die Menschheit an den Rand der Ausrottung treibenden Hy-Hy-24-Virus.

Die selbsternannten Sachverständigen, die im andauernden Clinch mit den Experten standen, überschlugen sich in ihren zumeist überflüssigen und wenig fundierten Kommentaren. Sie konnten den überraschenden Durchbruch in den seit Monaten nur mühsam vorangegangenen Fortschritten nach einem verlässlichen Impfstoff nicht nachvollziehen. Sie waren aufgrund der bislang vorliegenden, ziemlich verwirrenden Erkenntnisse heillos überfordert. Sie versuchten die zutreffenden Worte zu finden, um halbwegs plausible Erklärungen zu den Ereignissen abgeben zu können.

Hauptkommissar Schmeitzky im Büro

Schmeitzky sass an seinem, für seine Verhältnisse fast schon peinlich gut aufgeräumten Schreibtisch im dritten Stock des Spiegelhofs. Einzig die nicht abgerissenen Datumsblätter – es stand noch immer der erste Januar auf seinem Kalender – hätten für ein wenig Verwirrung sorgen können. Der Hauptkommissar war in die Lektüre des Gratisblattes 20minuten vom heutigen Tag, dem 5. Mai vertieft, das Vera ihm vor wenigen Minuten ins Büro gebracht hatte. Wie jeden Tag um genau 0830 Uhr. Und wie immer mit einem Lächeln, das ihre stets gute Laune widerspiegelte. Der Hauptkommissar las, wie üblich, zuerst sein Horoskop. Er wollte wissen, wie die Zwillingssterne für ihn standen. Bereits nach dem Überfliegen der ersten Zeile seiner Tagesvorhersage: „Ihr Tag ist von inneren Unruhen geprägt. Sie neigen dazu …", wollte er nichts mehr von den weiteren Widrigkeiten wissen, die ihn zu erwarteten schienen. „Überhaupt stehen die Sterne selten auf meiner Seite", genoss der Hauptkommissar leicht beleidigt seine persönliche Betroffenheit. Die Verfasser der täglichen Horoskope für den Monat Juni – seinen Monat – hatten wieder einmal nicht sehr viel Feingefühl an den Tag gelegt. Ein paar Seiten weiter fiel sein Blick auf die reisserische Schlagzeile „Er hat mich geprügelt und vergewaltigt …"

Mehr brauchte der Hauptkommissar für diesen Tag nicht an Information aus der Klatschpresse. Die 20minuten landete im blauen, aufnahmebereiten Plastikpapierkorb, der halbwegs mit Papieren gefüllt neben seinem Bürotisch stand. Der Chef der Mordkommission stiess einen tiefen Seufzer aus, griff sich mit der rechten Hand an den Kopf und kraulte sich durch sein schütter werdendes, graues Haar. Er fragte sich zweifelnd: „Muss ich denselben Mist eigentlich jeden Tag lesen? Aber ein Auge auf das Tageshoroskop zu werfen, ist nie daneben", hielt sich Schmeitzky die Tür einen Spalt breit für die Zeitung vom nächsten Tag offen.

„Morgen, Chef!", sagte Prächtiger, der kurz nach dem Anklopfen und ohne auf das harsche

„Jä" seines Chefs zu warten in das Büro eingetreten war. Chefdetektiv Prächtiger begrüsste seinen Vorgesetzten immer mit Chef, obwohl die beiden vor einigen Monaten zum Duzen übergegangen waren. Schmeitzky war gar nicht dazugekommen seinem tüchtigsten Mitarbeiter eine Antwort zu geben, weil just in diesem Moment, wo Prächtiger das Büro betrat, die Kreissäge seines Telefons zu sägen begann. Der Hauptkommissar hatte diesen Klingelton gewählt, weil der ihm gehörig auf die Nerven ging und er deswegen genötigt war, den Hörer immer so schnell als möglich von der Gabel zu nehmen.

„Bereitschaft Schwitter", drang die sonore Stimme des Polizisten aus dem Parterre des Spiegelhofs an Schmeitzkys Ohr. „Ein Toter im Hotel ‚Les Trois Rois'! Erschossen, wahrscheinlich."

Schmeitzky legte den Hörer umgehend auf – natürlich ohne eine Antwort auf die wenig erfreuliche Mitteilung zu geben. Der Hauptkommissar tastete auf dem Schreibtisch nach seiner Brille und fand diese erst nach einem Fingerzeig von Prächtiger auf seiner Nase sitzend. Zu diesem, leicht angesäuert, sagte er nur: „Gehen wir, Roman!"

„Wohin?", fragte der Chefdetektiv verdutzt ob der unüblichen Eile, die sein Vorgesetzter an den Tag legte.

„Ein toter Gast im Hotel ‚Les Trois Rois' um die Ecke. Wahrscheinlich erschossen", wiederholte der Hauptkommissar die Worte beinahe identisch, wie er sie vor weniger als einer Minute aus der Bereitschaft gehört hatte. „Und informiere Graber, Schermesser – und Vera natürlich, wenn sie es denn nicht schon weiss."

Magenta schaut in den Spiegel

„Unausstehlich, diese eklig grauen Haare, die sich höchst unwillkommen in meinen wunderbar spriessenden schwarzen Haarschopf mischen!", regte sich Magenta ein weiteres Mal auf, wie jeden Morgen, wenn er mit scharfblickenden blauen Augen sein Aussehen im Badezimmerspiegel auf etwaige Unregelmässigkeiten überprüfte. „Ist das etwa die Alterseitelkeit,

die mich schon einholt?", fragte er sich leicht verunsichert immer wieder. Seine Eitelkeit war der einzige seiner Wesenszüge, an dem er sich richtig echauffieren konnte. Deswegen liess er sich sein nur leicht angegrautes Haar über den Schläfen bei Coiffeur Rocco an der Rebgasse wöchentlich nachschwärzen. Natürlich vom Chef Rocco persönlich. Die mit dem Bluebeards Revenge Messer glattrasierte und fast seidenweiche Gesichtshaut, das hatte er mit dem ‚Dreifingersystem' seiner linken Hand überprüft, war tadellos mit men expert von L'Oréal eingecremt. Diese erfreuliche Tatsache liess ihn sich ein wenig milder gestimmt vom Spiegel abwenden. Am ‚Au Sauvage' gab es sowieso nichts zu deuteln. Auf den Duft dieses Eau de Toilette, das ihn fast durch den ganzen Tag begleitete, liess er nichts kommen. Er holte eine weiche, dünne Denimjeans aus dem Wandschrank, ein schwarzes Hemd von Strellson und die dazu passenden schwarzen Socken von Eterna aus der Schublade der Vintage Kolonial Kommode. Er war piekfein angezogen und für den Ausgang bereit. Alleine. Seine Herzdame Solange hatte sich für diesen Abend wortreich entschuldigt. Sie war verpflichtet worden, dem Start-up-Unternehmen ‚Smilin' Chang Photo-Art' zu helfen, die in Eigenproduktion hergestellten Photokunstbilder unter die Leute zu bringen. Zu diesem Zweck hatte das kleine Unternehmen die ‚Singer Bar' gemietet und Solange, die anziehende Schwarzhaarige angefragt, ob sie für diesen Abend als Aushängeschild für ‚Smilin' Chang' fungieren könne. „Wahrscheinlich war Solanges Engagement beinahe ebenso teuer wie die Miete für die Lokalität", war sich der Beau fast sicher. Magenta und Solange hatten die begeisterungsfähigen jungen Leute des Start-up-Unternehmens bei einer ansonsten langweiligen Einladung, bei einem Apéro in der ‚Mitte', kennengelernt und dabei, wie so üblich, die Businesskarten getauscht.

Der mittelgrosse Mann, der am Fenstertischchen im Café mit den mit kleinen, schwarzen Baslerstäbchen bedruckten Tischtüchern schräg gegenüber des ‚Les Trois Rois' sass, war bereit, das kleine Lokal sofort zu verlassen, sobald er Magenta in der Tür des Hotels auftauchen sah. Den lauwarm servierten Grüntee hatte er bei der Serviertochter zuvor schon bezahlt. Seinen beigen, leicht zerknitterten Trenchcoat hatte er griffbereit auf seinem Schoss liegen.

Der attraktive Graffiti-Bentley

„Brauchen Sie einen unserer Wagen, Herr Magenta? Der Bentley wäre gerade noch frei", wurde Felix Magenta beim Verlassen des ‚Les Trois Rois' von dem für den Wagenpark zuständigen Concierge höflich gefragt. Magenta blieb stehen, überlegte kurz, warf einen Blick auf den bunt bemalten Hotelwagen und entschied sich dann zu Fuss weiterzugehen. Er schüttelte wortlos den Kopf, steckte dem Concierge einen Zehnfrankenschein in die Hand und lief in Richtung Mittlere Brücke davon. Felix war schon sehr davon angetan, dass ihn der Concierge mit dem Namen angesprochen hatte. Er freute sich sehr, in diesem Haus zu wohnen.

In der ‚Walliser Stube' trank er einen schwarzen Kaffee, überflog ein paar Seiten der Basler Zeitung, die dort auflag, und verliess das Gasthaus. Vor der Eingangstür blieb er unschlüssig stehen und fragte sich, wohin er sich wenden könnte, um sich ein wenig zu vergnügen, als sein Blick auf die hinter dem massiven Messegebäude hochaufragende Bar Rouge fiel. „Wieso nicht?", sagte sich Magenta und machte sich auf den Weg zum Messeplatz.

Der beige Trenchcoat folgte ihm, unauffällig in die spiegelnden Schaufenster schauend, auf der gegenüberliegenden Strassenseite.

Wie aus dem Nichts fühlte Felix sich wieder einmal unwohl. Die schlechten Empfindungen kamen erneut hoch. Immer nur, wenn er alleine unterwegs war, wie jetzt. Das Gefühl zu wenig Aufmerksamkeit und zu wenig Anerkennung für seine für die Firma geleisteten Dienste zu bekommen, überfiel und plagte ihn. Er wurde nach seinem Ermessen für seine Erfolge in der Entwicklung neuer Präparate nicht genügend gewürdigt. Magenta empfand, dass einzig mit einer guten Entlöhnung seinem Schaffen zu wenig Bedeutung beigemessen wurde. Das war das Problem, das er vor sich herschob und das ihn unversehens wieder einholte. Er hätte sich gerne auch einmal in einem White Paper Artikel oder bei LinkedIn erwähnt gesehen, wie es anderen Kapazitäten in seiner Branche zuteilwurde. Er wollte mehr Anerkennung und Ansehen, er wollte mehr Sex mit mehr Frauen, die ihn wegen seiner beruflichen Erfolge anhimmelten. Nicht mit allen auf einmal, das war nicht sein Ding, aber mit Abwechslung, und er wollte zudem natürlich auch, dass seine unbestritten bedeutenden Leistungen noch besser honoriert wurden.

An der Bar Rouge mit Rosenlauer

Magenta, eigentlich nicht als Vieltrinker bekannt, bestellte gerade seinen dritten Martini Soda, den Barista Rosato, der die Zubereitung der alkoholischen Getränke exzellent handhabte, vor ihn hinstellte – natürlich mit dem mit einer grünen Miniwäscheklammer am Glas befestigten Zitronenschnitz. Fast im selben

Moment kam der Herr, der Magenta seit Minuten von seinem Vierertisch an der Glasfront aus beobachtete hatte, zum Bartresen hinüber und fragte mit gedämpfter Stimme:

"Sind Sie nicht Herr Magenta, Herr Felix Magenta? Von der Welt grösstem Pharmaunternehmen? Natürlich sind Sie es!", überfiel der Fremde mit dem beigen Trenchcoat in der Armbeuge Magenta überschwänglich und mit einem falschen Lachen in den Augen. „Ich bin Armin Rosenlauer von der Konkurrenz. Chem4U Science aus Ludwigshafen. Ich habe Ihren Vortrag, den Sie an der Tagung in Penzberg vor einigen Jahren gehalten haben, noch in bester Erinnerung. Ich wollte, ich könnte auch so frei vor derart vielen versammelten Fachleuten referieren wie Sie! Und keinen Blick auf das Notizblatt haben Sie geworfen, das vor ihnen gelegen hatte. Das hat mich tief beeindruckt. Einfach meisterhaft war das!"

Der von diesem unerwarteten Ausbruch von so viel Lob völlig überrumpelte Felix Magenta sog die bewundernden Worte von Rosenlauer tief in sich auf.

„Wie war Ihr Name, haben Sie gesagt? Rosenbauer? Ich mag mich nicht an Sie erinnern", fragte Magenta fast entschuldigend.

Rosenlauer, wegen des Rosenbauer keineswegs beleidigt, antwortete salbungsvoll: „Rosenlauer, Armin. Ich würde sicher auch nicht jeden kennen, der mir irgendwann irgendwo über den Weg gelaufen ist!" Sein schmieriges Lachen wirkte überhaupt nicht ansteckend. „Darf ich mich zu Ihnen setzen, ja? Nehmen Sie noch einen?", fragte Rosenlauer dann und deutete unhöflich mit dem Finger auf den beinahe leer getrunkenen Martinikelch, der vor Magenta stand.

„Offeriert?", fragte Magenta knapp.

„Natürlich!", kam Rosenlauers ebenso knappe Replik umgehend. Armin Rosenlauer war ein dauernd eingeschnappter Mensch, der jeden hasste, der nicht war wie er selbst, was ziemlich viele nicht waren. Das erleichterte ihm die Arbeit, die er weisungsgemäss abwickelte ungemein. Rosenlauer, dessen Durchtriebenheit von seinem jovialen, fast schon devoten Auftreten übertüncht wurde, war mit hundertundvierundsiebzig Zentimetern von mittlerer Körpergrösse. Seine braunen Augen blickten aus einem runden, leicht gebräunten Gesicht ohne besondere Merkmale ziemlich unstet in die Welt. Seine angedeutete Unterwürfigkeit sollte bei seinen jeweiligen Verhandlungspartnern ein trügerisches Gefühl der Überlegenheit hervorrufen. Rosenlauer hatte im Laufe der Zeit gelernt, dass sich überlegen fühlende Gesprächspartner viel einfacher und schneller manipulieren lassen. Nach diesem Muster war auch seine Kleidung angelegt: Marineblaues Hemd zu einem grauen Anzug, manchmal mit Binder, manchmal ohne, je nach Gelegenheit. Dazu gepflegte schwarze Schnürschuhe. Eine Person zum Vergessen, wie sie zu tausenden in einer Stadt herumliefen.

Bastian ruft im Spielgehof an

„Ich habe gehört du seist zurück im Dezernat, Ruedi", sagte Bastian, als er seinen langjährigen Freund Schmeitzky nach mehreren Versuchen endlich telefonisch erreicht hatte.

„Guten Tag, Bastian, Du hattest mich ziemlich schnell vergessen", entgegnete der Hauptkommissar ziemlich knapp und ungehalten. Ja, fast schon vorwurfsvoll.

„Tut mir leid, wenn du das so siehst. Du hast dich bei meinen Besuchen in der UPK immer sehr schnell in einen tiefen Schlaf verabschiedet, wenn wir zusammensassen und am Reden waren! Es war auch für mich keine leichte Zeit", plauderte Bastian weiter, „das kannst du mir glauben! Jeden Dienstag alleine zum Schwimmen ins Rialto zu gehen war wirklich langweilig. Und anschliessend immer ohne dich auf ein Bier in die Küchlinbar zu gehen, war auch nicht gerade das Gelbe vom Ei. Stell dir vor, dreimal haben sie in diesen zwei Jahren die Bedienung gewechselt. Immer jüngeres und unserer Sprache nicht mächtiges Gemüse brachte mir mein Bier – und schlecht gezapft war es erst noch!"

„Und ich! Ich habe die ganze Zeit gar kein Bier gehabt!", erwiderte Schmeitzky von heftigem Selbstmitleid übermannt.

„Ich bin nur noch von Zeit zu Zeit hingegangen", fuhr Bastian fort, ohne auf Schmeitzkys Klage einzugehen, „und habe versucht im „Mutz" eine neue Heimat zu finden. War natürlich nichts zu machen, ohne dich, mein Freund", versuchte Bastian gutes Wetter zu machen und Schmeitzky versöhnlich zu stimmen.

„Wir könnten die Tradition wieder aufleben lassen, Ruedi. Ein paar Längen schwimmen im Rialto hat uns immer gutgetan und das anschliessende Helle war auch nicht zu verachten, oder? Was meinst du?"

„Ich muss zuerst meinen Terminkalender konsultieren, wie sich die Sache mit dir vereinbaren lässt, aber vermutlich kann ich den Dienstag freischaufeln!", erklärte Schmeitzky grossspurig. „Es gibt einiges aufzuräumen und neu zu organisieren nach meiner längeren Abwesenheit vom Dezernat. Es haben sich hier ein paar Sitten eingeschlichen, die mir ganz und gar nicht gefallen und die ich abzustellen gedenke! Ich rufe dich an, wenn ich über den Tellerrand sehe und den Betrieb wieder im Griff habe."

Die ‚Fünf'

Aus ursprünglich sechs werden fünf Finanzjongleure

‚Die Fünf' waren ursprünglich sechs gleichberechtigte Partner gewesen. Von ihrem ehemaligen Komplizen, Laurent Dikembe aus Kinshasa, der Hauptstadt von Zaire, der ehemaligen Kolonie Belgisch Kongo, hatten sie sich einvernehmlich getrennt. Dikembe hatte sich von einem sehr lukrativen Kuchen, einem riesigen Deal in Kupfervorkommen, ein grösseres Stück abschneiden wollen als ihm zustand, um seinen ausschweifenden Lebensstil halten zu können. Dikembe hatte unter anderem zwei Haupt- und vier Nebenfrauen, die unterhalten werden wollten. Das hatte für grosse Unruhe bei seinen fünf Partnern und dafür gesorgt, dass Schlemmer seinen ersten Einsatz für die nurmehr ‚Fünf' bekam. Schlemmer, von dem man zu wissen meinte, dass er wahrscheinlich für die SSD als verdeckter Ermittler und Vollstrecker gearbeitet und nach dem Zusammenbruch der DDR ein neues Geschäftsfeld gesucht hatte. Leute seines Kalibers waren

gesucht: Effizienz, Verschwiegenheit, keine Frauengeschichten, praktische Unsichtbarkeit und keine nachträglichen Forderungen nach einem erfolgreichen, mündlich abgeschlossenen Kontrakt. Die Frage, ob Schlemmer aber wirklich Schlemmer hiess, blieb immer offen.

Gemeinsamkeiten der ‚Fünf'

Allen fünf war eines gemeinsam. Jeder einzelne für sich war einsam und im Verlaufe seiner Finanzkarriere schwerwiegend gedemütigt worden. Sie hatten sich in der Finanzwelt einen Ruf als risikobereite Investoren und unerschrockene Anlagegurus aufgebaut. Aber jetzt war fertig mit den Auftritten in teuren Masskleidern vor ihrem willfährigen Publikum, das an ihren Lippen hing und die Aussagen der Fünf für bare Münze nahm. Es war die Zeit gekommen, wo sich die Finanzwelt von ihnen abwandte und sie die falschen Entscheidungen, bei denen sich milliardenschwere Löcher aufgetan hatten, spüren liess. Es tat ihnen weh, an der Börse nicht mehr die angesagtesten aller Finanzjongleure zu sein, die in den meisten Publikationen als das Mass aller Dinge galten. Und dies liess sie zu den Personen werden, die sie jetzt waren: klandestine Rächer am System. Sie wollten es der Finanzwelt heimzahlen, die ihnen noch vor wenigen Jahren zu ihrer Grossartigkeit und grandiosen Selbstüberschätzung verholfen hatte. Der Lack war ab, der Glanz verblasst. Die Auftritte im schillernden Licht der Fersehkameras und auf den geschossenen Bildern der Weltpresse waren passé. Sie waren nur noch die gescheiterten, vom Finanzorganismus als ungeniessbar ausgespuckten Anlageberater.

Die fünf Drahtzieher und ihr Netzwerk

Die fünf gefallenen Strippenzieher waren anhand verschiedener Umstände auf die schiefe Bahn geraten. Aufgrund ihrer wichtigen Funktionen in der Finanzwelt trafen sie sich bei Gipfeln an diversen Ecken der Welt immer wieder, sei es am WEF in Davos oder an einem G-20-Treffen in Tokio oder New York, wo die finanziellen Probleme der Welt erörtert und wo –

manchmal unter ihrer Mitwirkung – lukrative Lösungen für drängende Fragen gefunden worden waren. Allen fünf war gemeinsam, dass sie ihr beträchtliches Wissen zu bündeln wussten, und dass sie sich für das ihnen angetane Unrecht an der Gesellschaft rächen wollten.

„Die Drecksarbeit muss auch getan werden!", brachte es Tankard O'Leary während eines geheimen Treffens der ‚Fünf' im spanischen Badeort Torremolinos auf den Punkt. Sie sassen, nachdem sie einen ausgezeichneten asiatischen Mehrgänger serviert bekommen hatten, im Hinterzimmer des chinesischen Restaurants ‚Miramar', das nur einen Steinwurf vom Torre del Pimentel an der Plaza San Miguel lag.

„Wir sind alle Finanzgenies", sagte Schernegger unbescheiden und schaute in die Runde der gesetzten Männer. „Aber Detailarbeiten müssen teilweise andere, für spezifische Aufgaben besser ausgebildete Personen übernehmen", unterstützte er die Aussage O'Learys.

„Es muss aber unser Leitsatz sein, dass wir den temporär eingesetzten Mitarbeitern grundsätzlich die besten Entschädigungen für ihre Arbeit bieten", gab Schernegger zu bedenken, der sonst eher für seine Sparsamkeit bekannt war. „Die einzige Voraussetzung, auf die wir strikte achten müssen, ist die, dass die ausgesuchten zeitweiligen Mitarbeiter bereits für ein begangenes Delikt vorbestraft sind – und sie sich damit ganz in unsere Hände begeben. Und ebenso wichtig ist, dass die anfallenden Aufträge nie von einem von uns direkt an die ausführenden Personen vergeben werden. Nie! – Freilich gibt es keine Regel ohne Ausnahme," schränkte der Deutsche seine eben gemachte Aussage etwas ein.

Dieser Grundsatz galt für die über ganz Europa und weitere Länder der ganzen Welt verstreuten, auf Abruf bereitstehenden Spezialisten der verschiedensten Berufssparten, die über Drittpersonen oder mittels Codes kontaktiert wurden.

Bäcker, zum Beispiel, die bereit waren, einen präparierten Kuchen zu backen oder herrlich aussehende, aber schwer verdauliche Patisserie herzustellen. Willige Apotheker mussten die dazu nötigen Zutaten aus ihrem Giftschrank liefern. Automechaniker manipulierten die Motoren oder die elektrischen Einrichtungen von Autos aller Art. Leitende Angestellte an den Receptionen von Hotels waren bereit, gegen das entsprechende Entgelt Daten und Vorhaben ihrer Gäste auszuplaudern. Selbstverständlich gehörten auch Personen zu diesem Netzwerk, die bereit waren, etwas unfeinere Arbeiten zu erledigen. So etwa Monsieur Bob, der jederzeit abrufbare Vollstrecker. Oder Schlemmer.

Das dichte Netz der Informanten und Mitarbeiter, die für die „Fünf" arbeiteten, war über die Jahre immer aufwändiger, effizienter und teurer geworden, natürlich ohne dass dabei einer der Angeheuerten vom anderen etwas gewusst hätte.

Das Kommunikationsgeheimnis der ‚Fünf'

Die ‚Fünf' waren nie zusammen an einem Ort, wo eine ihrer ‚Aktionen' stattfand. Im Gegenteil, sie trafen sich weit weg von den wichtigsten Finanzplätzen der Welt. Es gab keine schriftlichen Unterlagen – keine abhörbaren Telefonate, Handys wurden wegen der Gefahr durch Pegasus abgehört zu werden keine benutzt, keinen E-Mail-Verkehr, keine entschlüsselbaren Codemitteilungen. Es gab überhaupt keine feststellbaren Indizien, um den Fünf – oder einem von ihnen – etwas Fehlbares oder eine Verstrickung in einen Vorfall nachweisen zu können. Eines der neuen Instrumente, das die ‚Fünf' benutzten, war das wie ein USB-Stick aussehende, sogenannte kalte Portemonnaie. Auf diesem Stick konnte man Millionen von Dollars, Franken oder Euros in Kryptowährung speichern. Da dieser Stick mit keinem Netzwerk verbunden ist, konnte er nicht gehackt oder nachverfolgt werden. Die ‚Fünf' waren schlichtweg unsichtbar und inexistent. Man wusste in Geldkreisen, dass es Mitspieler auf dem glitschigen Finanzparkett gab, aber wer oder wo sie waren, wusste man nicht. Die Polizei ging erfolglos dubiosen Hinweisen nach. Der anfängliche Enthusiasmus in der Ermittlungsarbeit ging mit jeder erfolglos im Sand verlaufenen Spur langsam verloren und wurde durch die nur noch halbherzige Suche nach den vermeintlichen Verbrechern abgelöst.

Die simple Erklärung, warum die ‚Fünf' ihre Transaktionen erfolgreich durchführen konnten, waren drei Merkmale: gegenseitiges Vertrauen, die minutiöse Vorbereitung und am wichtigsten, die persönlichen Gespräche untereinander! Einzig die Reisen zu den jeweiligen Treffpunkten, wo manchmal zwei oder drei der ‚Fünf' sich trafen, hätten eine Spur hinterlassen können. Hätten können ... Mit falschen Daten und Identitäten in echten Pässen liessen sich Klippen ebenso umschiffen wie mit Schnäuzen, Bärten und gefärbtem Haar. „Lange Reisen zu den Treffpunkten bringen auch viel Geld ein", lautete das Motto, nach dem sie verfuhren – und keine irgendwie verwertbare Information über die ‚Fünf' und ihre Geschäfte drang je an eine der an den finanziellen Vorgängen interessierten Stellen. Die Enttäuschung über den verlorengegangenen Einfluss und die Macht, die sie einst ausgeübt hatten, hatten die fünf Finanzleute, die sich selbstverständlich keiner Schuld bewusst waren, zusammengeschweisst und zu den ‚Fünf' werden lassen, die im Hintergrund weiterhin an den Fäden zogen, an denen die Finanzwelt die Puppen tanzen liess.

Graber spielt Dart

Seit Detektiv Graber in einem schwachen Moment bei einer FCB-Meisterfeier auf dem Barfi seiner Freundin das Ja-Wort gegeben hatte, war nichts mehr wie zuvor. Während einer zwei Wochen dauernden Krankheit, eine fiebrige Erkältung hatte ihn lahmgelegt, hatte er täglich mehrere Stunden vor dem Fernseh-Gerät verbracht und sich durch die ewig gleichen Programme gezappt – dann blieb er bei der Live-Übertragung einer Dartveranstaltung aus dem Alexandra Palace in Purfleet, England, hängen. Die im brechend vollen Dartroom schreienden, tobenden, in Fantasiekostüme gekleideten Frauen und Männer, die selbstgemachte Plakate schwenkten, faszinierten ihn umso mehr, je länger er zuschaute. Kurzentschlossen kaufte sich der malade Detektiv im Onlinehandel eine original englische Dartscheibe, um seine flatternden Nerven zu beruhigen. Es konnte ja nicht schwer sein, mit Pfeilen die richtigen Zahlen auf dem Dartboard zu treffen. Vielleicht würde es ihm mit etwas Training sogar gelingen, eine bessere Figur zu machen als auf dem Fussballplatz. Er hatte es als Mitglied der ersten Mannschaft des SC Schwarz-Weiss in sechzehn Jahren – vor allem wegen Ferienabsenzen seiner Kollegen – auf sieben Einsätze über die volle Distanz von neunzig Minuten gebracht. Für den Rest der Zeit hatte er einen gesicherten Platz auf der Einwechselbank inne. In diesen kurzen Einsatzzeiten erarbeitete er sich aufgrund seiner mangelhaften Zuspiele und der stümperhaften Technik den wenig schmeichelhaften Übernamen Pflaume.

Rosenlauers Auftrag

Rosenlauer hatte von der ‚Organisation' den Auftrag erhalten, einen der führenden Köpfe der Sektion Entwicklung bei dem Basler Chemiegiganten, diesen Magenta, bei guter Laune zu halten. Die ‚Organisation' hatte ihn als möglichen Informanten und wichtiges Mosaiksteinchen für ihre Planung ausgespäht. Da gehörten die Drinks eben auch dazu. Die ‚Organisation', für die Rosenlauer arbeitete, war ein Zusammenschluss finanzstarker Leute, deren Interesse ausschliesslich darin bestand, so viel Geld wie möglich aus der Pandemiesituation, die die Welt in Atem hielt, herauszusaugen und auf ihre eigenen Konten zu leiten. Die Führung der ‚Organisation', bestand eben aus den fünf nach aussen hin abgehalfterten Finanzleuten der Wirtschafts- und Finanzwelt, die doch immer wieder als gerne gesehene Gäste im inneren Kreis der Finanzgurus anzutreffen waren. Sie hielten ihre konspirativen Sitzungen jeweils an öffentlichen Orten ab, wo sie so oder so gesehen worden wären. Aber sie trafen sich eben erst nach dem Eindämmern, wenn die Teilnehmer der Symposien das Tagwerk abgehakt hatten – sich in die Bars setzten und tranken oder sich in den luxuriösen Zimmern der Hotels erster Klasse mit ihren Sekretärinnen oder Sekretären vergnügten. Es liess sich gut verstecken inmitten einem Haufen Gleichgesinnter. Natürlich steckten die gut vorbereiteten Manager der ‚Organisation' nicht nächtelang die Köpfe zusammen. Sie mussten sich alle auch immer wieder hier und dort sehen lassen, um nicht plötzlich doch vermisst zu werden. Mit einem Drink in der Hand in einer gut besuchten Bar ein paar kontroverse Worte zu verlieren oder mit einem Kellner hörbar über dessen scheinbar langweiliges Auftreten zu lamentieren, gehörte zum Repertoire, um in der Erinnerung der anderen Finanzleute lebendig zu bleiben. Der gezielte Smalltalk war Teil des Versteckspielens. Und auch ein Teil der Vorbereitung von Finanzcoups grossen Stils.

Kein Johnny Walker blue

Rosato stellte den frisch zubereiteten Martini vor Magenta hin und wandte sich mit einem fragenden Blick an Rosenlauer: „Möchten Sie auch noch einen Drink, Sir?"

„Gute Idee! Bringen Sie mir einen Johnny Walker blue", verlangte Rosenlauer weltmännisch lächelnd etwas vom Teuersten, was man an durchschnittlichen bis guten Bars bekommen konnte. Er beäugte Magenta kurz aus den Augenwinkeln, um zu schauen, ob dieser mitbekommen hatte, dass Geld keine Rolle spielte.

„Es tut mir leid, den können wir im Moment nicht anbieten", lächelte Rosato entschuldigend. „Ich habe aber einen ein wenig teureren Johnny Walker aus der Explorer's Club Collection The Royal Route hier, Sir, wenn Sie den mögen?"

Rosenlauer liess, mit seinem durch die Zähne herausgepressten „Bringen … aber dafür einen doppelten … ohne Eis!", den Barista spüren, dass er es nicht glauben konnte, dass ausgerechnet er keinen ‚Blue' bekommen konnte. Rosato hatte gerade noch eine knappe Portion vom Johnny Walker blue in der Flasche vorgefunden, den der Kunde verlangt hatte – und verkaufte dem Trinker diesen als Johnny

Walker The Royal Route. Er konnte nicht gut zurückkrebsen. Das wäre für einen Barista seiner Klasse nicht zu verantworten gewesen. Die Reaktion des Whiskykenners, der, nach einem kurzen Nippen am Glas fachmännisch bemerkte: „Ganz gut, hält aber einen Vergleich mit dem ‚Blue' auf keinen Fall aus!", liess den Barmixer befreit aufschnaufen, „… und schauen Sie, dass der ‚Blue' nicht nur auf der Getränkekarte steht, ja!", musste der Stänkerer seinem Unmut zusätzlich Luft machen.

Die nicht unerhebliche Preisdifferenz zwischen den zwei Sorten Johnny Walker liess der Barista natürlich auf der Rechnung stehen. Er hatte einige Tage zuvor schon zwei Portionen mehr verkauft, als er für eine Flasche des köstlichen Tropfens eigentlich dürfte. „Diese kleine Freiheit nehme ich mir heraus für meine unerschöpfliche Geduld gegenüber der immer alles- und besserwissenden Trinkkundschaft, basta!" Mit diesem monatlichen Zusatzverdienst, den er zehn, zwölf Mal einnahm, konnte Rosato im ‚Fiorentina' oder im ‚Roma' den camerieri ein grosszügiges Trinkgeld geben für die nach dem Essen zu den Espressi offerierten Limoncelli.

Fünfundzwanzig Franken gingen darüber hinaus monatlich an den SC Huttwil Italia, bei denen der Sohn eines Freundes aus seinem Dorf Salerno im Tor stand – und zwölf Franken gingen an den TV-Calcio von sky.

Rosenlauer musterte Magenta mit Argusaugen von der Seite her. Er wollte sich vergewissern, ob dieser schon ‚reif' war für die weitere Bearbeitung. Die Körpersprache eines Gegenübers gab immer wichtige Hinweise auf dessen Befinden. Er musste den richtigen Zeitpunkt erwischen, um dem Chemiemann die Ideen der ‚Organisation' schmackhaft zu machen. Sein Opfer durfte leichte Anzeichen einer beginnenden Trunkenheit zeigen, musste aber noch voll aufnahmefähig sein, um die Absichten der ‚Organisation' zu verstehen. Er musste Felix Magenta überzeugen die Anliegen seiner Auftraggeber zu seinem eigenen Anliegen zu machen. Rosenlauer musste den möglicherweise entscheidenden Augenblick abwarten, um Magenta zu beackern. Einen kleinen Anstubser durfte er schon mal wagen, um Magentas Neugierde anzustacheln.

„Man spricht viel von Ihnen in unseren Kreisen, Herr Magenta, und man hält sehr viel von Ihren Fähigkeiten im Pharmaentwicklungsbereich", hob Rosenlauer an, gespannt zu sehen, wie Magenta auf diese Lobhudelei ansprechen würde. „Und man hat auch schon von Ihrer eigenen Unzufriedenheit munkeln gehört, die die mangelnde Anerkennung Ihrer immens wichtigen Arbeit zum Thema hatte", wagte sich der Vermittler der ‚Organisation' einen Schritt weiter vor, als vom Chemiker, ausser einem tiefen Schniefen, keine Reaktion auf die Komplimente kam.

Rosenlauer, der raffinierte Verführer, der das tiefe Luftholen seines Gegenübers richtig gedeutet hatte, spürte, dass Magenta bereit war, sich bearbeiten zu lassen. Er musste dranbleiben und das Eisen schmieden, solange es noch heiss war. „Ich möchte Ihnen, Herr Magenta, einen Vorschlag unterbreiten, der Ihnen Ihre Wichtigkeit und den Wert Ihrer ausserordentlichen Arbeit vor Augen führt."

„Und", Rosenlauer beugte sich ein wenig näher zu Magenta hin und sagte mit gesenkter Stimme, „der Sie zu einem reichen und nicht nur im geschäftlichen Bereich begehrten Mann machen wird."

Rosenlauer bemerkte an den hochgezogenen Augenbrauen seines Gegenübers, wie seine eingängigen Worte bei Magenta auf fruchtbaren Boden fielen. Das Mienenspiel seines Gesprächspartners jedenfalls deutete auf ein zunehmendes Interesse hin.

„Aber hier ist nicht der richtige Ort, um partnerschaftlich wichtige Dinge zu besprechen und tiefgreifende Entscheide zu treffen, Herr Magenta." Rosenlauer bedeutet dem Barista zwei weitere Drinks zu bringen, indem er mit gespreiztem Mittel- und Zeigefinger wortlos auf die leeren Gläser vor ihnen zeigte.

„Wir treffen uns morgen um vierzehn Uhr vor dem Basler Münster. Dort können wir uns in aller Ruhe unterhalten – vor allem, auch ohne belauscht zu werden. Können wir das so vereinbaren, Herr Magenta?", fragte Rosenlauer, sich fast schon verschwörerisch in der ‚Bar Rouge' umsehend leise.

Ein Funke von Stolz darüber, dass er es dank seiner analytischen Fähigkeiten geschafft hatte, ohne einen Doktortitel in den Olymp der Forscher und Entwickler aufzusteigen, liess Magenta sich fragen, ob er das Erreichte wirklich aufs Spiel setzen sollte? Sollte er sich dafür hergeben, seine Firma zu hintergehen? Der Konsum eines weiteren Martinis und eines Johnny Walker – Rosenlauer hatte darauf bestanden, dass er den Whisky aus der Explorer's Club Collection versuchen sollte – beides selbstredend von Rosenlauers Spesenkonto übernommen – zerstreute die nur noch minim vorhandenen Gewissensbisse von Magenta mehr und mehr. Die bohrenden Gedanken an die schäbige Behandlung, mit der ihn sein Arbeitgeber gefühlt tagtäglich brüskierte, und die von Rosenlauer eindrücklich bestätigt wurde, gewannen immer stärker Überhand und bestimmten in der Folge sein Handeln. Ein kurzes Aufflammen seines Gewissens liess ihn überlegen, wie misstrauisch er sein dürfe, wie rechtschaffen er sein müsse, und ob die ganze Chose nicht verabscheuungswürdig sei? „Aber die Angelegenheit verträgt keine Sentimentalitäten", sagte er sich in einem Anflug von Grossmannsucht. Magenta hatte sich eigentlich schon fast festgelegt.

Felix Magenta wusste ganz genau, dass er in seiner Stellung eigentlich nur der Taglöhner seines Chefs war, der wiederum, als CEO getarnt, der Taglöhner seines Vorgesetzten war. Drastisch gesagt, waren diese hochbezahlten Personen nur kleine, unbedeutende Würstchen auf dem Gartengrill der Jack Mas, Rupert Murdochs, Elon Musks oder Richard Bransons, die zum Hochadel des Mammons gehörten. Diese waren keine abhängigen Angestellten oder irgendjemandes Taglöhner.

„Vierzehn Uhr. Ich werde dort sein", liess Felix Magenta Rosenlauer wissen.

Magenta hatte sich kaum in das bequeme Bett mit der weichen Oberdecke im ‚Les Trois Rois' eingewickelt und war eingeschlafen, da wachte er schon wieder auf. Er wusste nicht, wo er gerade war. Etwas ungeholfen tastete er mit der linken Hand nach seiner Uhr, die er immer auf dem Nachttischchen neben seinem Bett hinlegte – und fand diese nicht. Ein Umstand, der ihn alarmierte und ihn zum Aufstehen zwang. Er schwang seine Beine aus dem Bett und landete auf allen Vieren auf dem mit einem Wollteppich ausgelegten Zimmerboden seiner Suite. Obwohl sich seine Lage auf der weichen Unterlage sehr angenehm anfühlte und er gerne wieder eingeschlafen wäre, raffte er sich dazu auf aufzustehen. Das durch die offene Terrassentür hereinscheinende Mondlicht war hell genug, um ihn den Weg zur Toilette finden zu lassen, ohne zuerst den Lichtschalter suchen zu müssen. Die drei Glockenschläge der nahen Martinskirche nahm er nicht wahr. Er hatte es eilig! Die alkoholische Eskapade des Vorabends in der Bar Rouge machte ihm zu schaffen. Aber noch mehr beschäftigte und beunruhigte ihn die Zusage, die er gemacht hatte, seinen Arbeitgeber zu verraten. Eine erste Ladung Johnny Walker durchmischt mit Martini, was seinem Erbrochenen eine rosa Färbung mitgab, hatte sich den Weg den Hals hinauf gesucht und verfehlte die WC-Schüssel nur um wenige Zentimeter. Felix Magenta fühlte sich danach zwar ein wenig besser, wälzte sich aber – von seinen Ängsten geplagt – in seinem Bett durch die Nacht, statt alkoholselig traumlos zu schlafen.

‚Die Fünf', das Herz der Operation

Der beim Schweizerischen Bankverein am Bankenplatz gross gewordene Erzbasler Christian Grolllimund (66), wurde nach der Fusion des Bankvereins mit der Schweizerischen Bankgesellschaft von einem auf den anderen Tag kaltgestellt. Grollimund hatte es nie verwunden, dass ihm ein jüngerer Emporkömmling aus Zürich als ‚Chef International Finance and Investment' vor die Nase gesetzt worden war. Grollimund musste fortan auf die Reisen an exotische Orte und somit auch auf die Begegnungen mit anderen Koryphäen seiner Klasse verzichten. Den ihm von der UBS für seine Absetzung angebotenen Beistandsvertrag, ‚mit nur marginaler Lohneinbusse', wie der extra aus Zürich angereiste CEO es maliziös lächelnd ausdrückte, schlug er angewidert aus.

Christian Grollimunds Wesen veränderte sich nach seinem Ausscheiden aus der Grossbank dramatisch. Sein Denken witterte hinter jedem Stellenangebot, das er nach seinem Weggang bei der UBS bekam, einen Akt falscher Nächstenliebe aus Mitleid oder gar eine Falle, in die er unweigerlich treten musste. Er war derart verbittert, dass es ihm nicht darauf ankam, welche Schurkereien er fortan selbst begehen oder anordnen würde.

Mit der Abgangsentschädigung, einem goldenen Fallschirm mittlerer Tragfähigkeit, hatte der geschasste Finanzexperte eine Büroräumlichkeit an der Sternengasse gemietet, um den Schein intensiver Tätigkeit aufrechtzuerhalten. Auch seinen gewohnten täglichen Arbeitsweg hielt er anfänglich ein, um den Anschein zu erwecken, dass alles in bester Ordnung sei. Sein Freund und Vertrauter, ein Fasnachtskumpel von der ‚Draischiibe-Clique' und angesehener Kommunikationsexperte, richtete Grollimund das Büro mit allen erdenklichen Möglichkeiten der Kommunikation aus – Internet mit Grossbildschirm, abhörsicheres Telefon, Faxgerät – damit Grollimund möglichst schnell an die Informationen der internationalen Märkte zu kommen. Zeit ist Geld – und eine Information verspätet zu erhalten, konnte eine beträchtliche Einbusse oder eine verpasste lukrative Gelegenheit bedeuten.

Nach Eureka, einer kalifornischen Kleinstadt mit gegen siebenundzwanzigtausend Einwohnern, wo noch nicht alle Strassen von Kameras überwacht wurden, hatte sich der bald achtzigjährige Tankard O'Leary zurückgezogen. Bei ihm liefen alle Fäden zusammen, die die „Fünf" geknüpft hatten. O'Leary war bei der IOS, dem Investors Overseas Services, in den höchsten Gremien tätig gewesen. IOS war ein ehemals bedeutender Offshore-Finanzkonzern, der in den Sechzigerjahren amerikanische Aktienfonds unter die Leute brachte. 1970, zusammen mit der weltweit Aufsehen erregenden Insolvenz von IOS, verschwand auch O'Leary von der Finanzbühne. Scheinbar. O'Leary war noch immer der Meinung, dass alle seine Handlungen korrekt und im Rahmen der üblichen Gepflogenheiten abgelaufen wären. Er hatte das gemacht, was die meisten Staaten unter dem Deckmantel der Staatssicherheit und nationalen Interessen vor ihren Bürgern geheimhielten. Im Laufe der erfolgreichen Jahre hatten sich O'Learys Ansichten über staatliche und private Unternehmungen verschoben und vermischt. Die Leute von den Medien unterstellten dem Financier, und das vermutlich nicht zu Unrecht, eine stetig zunehmende Selbstüberschätzung.

Von London aus wirkte Sir Lester Braithwaite, der neunundsechzig Jahre alte ‚Senior Service'-Kettenraucher der nur ‚One eye' genannt wurde. Privat lebte er zurückgezogen auf einem von der königlichen Familie aufgegeben Landsitz in Devonshire, wenn er nicht in London in seinem mickrigen Büro über dem ‚Churchill Arms Pub' in Notting Hill sass und seine weitverzweigten Verbindungen pflegte und spielen liess. An ihrem offiziellen Geburtstag im Juni 1998 wurde ‚One eye' von Queen

Elisabeth II. zum Ritter geschlagen. Braithwaite hatte diese Entscheidung sportlich akzeptiert, obwohl er sich selbst und seine Verdienste um das Vaterland eher als ein Member of the British Empire, denn als Knight sah.

Braithwaite verlor sein eines Auge, das seinem Spitznamen zugrunde lag, während seiner Zeit an der University of London bei einem ruppigen Rugbyspiel gegen die verhasste Mannschaft von High Wycombe.

Der Finanzguru wurde auch in der britischen Finanzwelt, während seiner Tätigkeit in der Regierung von Tony Blair, der Einäugige genannt. Es wurde ihm nachgesagt, dass er mehr sehe, als einer mit einem gesunden Augenpaar.

Selbstverständlich rächte sich Braithwaite an seinem Gegenspieler, der ihm ein Auge gestohlen hatte. Spät. Auf seine Weise. Der schuldige Fly Half war, nach dem erfolgreichen Abschluss der Hochschule, zum Sozius bei einer renommierten Anwaltskanzlei in Manchester berufen worden und zu einer nationalen Berühmtheit aufgestiegen. Er hatte den viel Ehre bedeutenden Vorsitz der ‚Foundation for Children in Need in Botswana' innegehabt.

Sir Lester Braithwaite liess durch verschiedene Kanäle durchsickern, dass die gespendeten Gelder, die der Foundation zukamen, nicht korrekt weitergegeben worden waren. So habe sich der Vorstand unmoralisch hohe Entschädigungen und Spesengelder bewilligt – was für eine Stiftung ein untragbarer Akt war. Zudem waren unnötige Reisen des Vorsitzenden nach Afrika und Amerika sowie Einladungen von Persönlichkeiten des öffentlichen Lebens zu aufwändigen Apéros über die Stiftungskasse abgerechnet worden. Da diese Vorwürfe von der Stiftung selbst nicht eindeutig widerlegt werden konnten, sah sich der Stiftungsratsvorsitzende – auch auf den starken Druck einer empörten Öffentlichkeit – dazu gezwungen, sein einflussreiches Amt niederzulegen. Als kleines Trostpflaster wurde ihm der Einsitz in den Vorstand des Zoologischen Gartens von Manchester angeboten.

In Berlin hielt Lukas Schernegger, 62, ehemaliger Finanzüberwacher bei der Dresdner Bank, die Stellung für die ‚Fünf Drahtzieher'. Seine Nähe zu einer Neonazigruppe, die er selbstredend bis zuletzt vehement bestritt, brach ihm, beruflich gesehen, das Genick. Als ihm ein Investigationsjournalist einer führenden deutschen Nachrichtenseite ein Foto von einer Aufnahmefeier junger Nazis in die Vereinigung ‚Rechts ist rechts' vorgelegt hatte, worauf zweifelsfrei erkennbar war, wie Schernegger einem blonden Jungen das ‚Hakenkreuz am Band' um den Hals legte, konnte er seine aktive Mitarbeit in dieser Gruppe nicht mehr leugnen – und das besiegelte seine Karrierepläne abrupt. Seine plumpe, an Lächerlichkeit kaum zu überbietende Ausrede, er habe sich an einem Karnevalsabend gewähnt, blieb ungehört. Seine Frau Maybrit hatte daraufhin den Financier Hals über Kopf und mit Sack und Pack verlassen und bei einem nahen Freund der Familie Unterschlupf gefunden. Sie wollte die Halbprominenz, die sie durch ihren knapp zehn Sekunden dauernden, dialogfreien Auftritt in einer Folge der Serie GZSZ erworben hatte, nicht aufs Spiel setzen. Eine Randnotiz in Scherneggers Vita war, dass er als knallharter linker Aussenverteidiger beim SV Babelsberg 03 mit dem Gewinn der Berliner Fussballmeisterschaft seinen sportlich grössten Erfolg feierte.

In seiner geliebten holländischen Heimatstadt s-Gravenhage war der achtundfünfzigjährige Joris DeJong, wegen seiner Affinität zum einheimischen Bier von seinen Freunden und Bekannten kurz ‚Flesje' genannt, eines der fünf Räder am Finanzgefährt der ‚Fünf'. De Jongs berufliche Liebe hatte der Arbeit als Finanzberater für internationale Beteiligungen bei der Amrobank gegolten. DeJongs Name fand auch immer wieder Erwähnung im Zusammenhang mit dem Ende der Bank DSB, der Geldwäscherei in grossem Stil vorgeworfen worden war. Seine zweite nicht minder grosse Liebe und Zuneigung galt zwei minderjährigen Chorknaben, ‚mijn kleine speeltjes', wie er sie für sich liebevoll nannte, die in der Haager Kloosterkerk ministrierten. Als diese Zuneigung durch eine gezielte Indiskretion eines direkten Konkurrenten aus der Geldbranche, der bezeichnenderweise auch in der Kloosterkerk zugange war, ans Licht kam, war er seinen gut bezahlten Job los. Und die Bekanntschaften mit vielen einflussreichen Finanzleuten dazu. Er verlor die Freundschaft langjähriger Weggefährten, die sich mit medienwirksamen Auftritten von ihm abgewandt hatten – vorwiegend nach aussen hin – und zum Selbstschutz. Aber natürlich nicht aller. Man brauchte sich vielleicht ja noch. Später.

Trilbys Brief

Es waren viele Medikamente und mentale Trainingseinheiten, die dem leidenden Hauptkommissar Schmeitzky bei seinem Urlaub in der UPK verabreicht worden warten. Die meisten der starken Präparate zeigten ihre angestrebten Wirkungen. Einzig seine immer wiederkehrenden Träume, die Erinnerungen an sein früheres Leben wach werden liessen, wurde er nicht vollständig los. Da zeitigte selbst die verordnete Traumverarbeitung keinen durschlagenden Erfolg. Eine dieser Episoden betraf seinen Londonaufenthalt beim ‚Yard' und seine damaligen Sekretärin Trilby. Sie hatte ihm kürzlich gerade wieder einen Brief geschickt, der, ausser herzlichen Grüssen, eine fein säuberlich aus dem ‚Daily Star', herausgeschnittene kurze Notiz enthielt:

(reuters) *Johnny ‚Green Shirt' Stampanato, der über viele Jahre Londons Polizei in Atem hielt, wurde unter grosser Anteilnahme der Londoner ‚Crème de la crème' der Unteltweltbosse und einiger Unterhausabgeordneter mit einer Freiluftabdankung bei St Dunstan-in-the-East feierlich in den ewigen Ruhestand verabschiedet.*

Die Reaktion des Hauptkommissars auf diese wenigen Zeilen waren schmeitzkysmässig. Sein Unwille darüber, dass seine damaligen beim ‚Yard' erworbenen Verdienste bei der Verfolgung vom Schwerverbrecher Stampanato nicht erwähnt wurden, liessen ihn mit einem schalen Geschmack im Mund aufwachen.

Das Angebot

Rosenlauer ging den Aufstieg über die zweihundertundfünfzig Stufen auf der schmalen Treppe des Martinsturms des Basler Münsters ziemlich energisch an. Zu energisch, wie er alsbald schmerzlich erfahren musste. Nach fünfzig, sechzig Stufen war bei ihm die Luft draussen und er musste, schwer atmend, eine Pause einlegen. Er hatte seinen Filzhut abgenommen und verfluchte seine protzige, alte Leica, die an einem breiten Lederband schwer an seinem Hals hing. Er schwor sich in diesem Moment, dass er nie wieder als Tourist getarnt unterwegs sein würde. Felix Magenta war ihm, trotz des Alkoholüberangebots vom Vorabend, mühelos die Stufen hoch gefolgt. Seine wöchentlichen Trainingsstunden im Fitnesscenter seines Arbeitsgebers und die Squashpartien mit verschiedenen Partnern aus seiner Firma zeigten erfolgreich ihre Wirkung.

„Weiter!", keuchte Rosenlauer mit erhitztem Gesicht. Er hasste Niederlagen, wo immer er sie auch erlitt. Oben auf der Plattform angekommen und schwer nach Atem ringend stützte sich Rosenlauer an der Balustrade des über sechzig Meter hohen Martinsturms ab. Auch Magenta hatte den steilen Aufstieg doch noch zu spüren bekommen. „Einen tollen

Treffpunkt haben Sie ausgesucht!", zischte Magenta Rosenlauer an, der krampfhaft versuchte, seinen schwer gehenden Atem unter Kontrolle zu bringen.

„Abhörsicher ist es allemal!", entgegnete dieser und holte mühevoll Luft. Die grossartige Aussicht über Basel und bis weit nach Frankreich und Deutschland hinein, die sich den beiden Männern an diesem sonnigen Nachmittag geboten hätte, nahmen sie nicht zur Kenntnis.

Rosenlauer sagte ohne Umschweife, aber immer noch ziemlich heftig japsend zu Magenta: „Gehen wir es an, Herr Magenta. Jetzt, wo wir in luftiger Höhe und vor ungebetenen Zuhörern sicher sind. Ich darf Ihnen in Namen meiner Auftraggeber folgendes Angebot unterbreiten. Es geht natürlich um den Impfstoff zur Bekämpfung des Hy-Hy24-Virus. In kurze Worte gefasst: Sie liefern meiner Kundschaft die genauen Termine, wann die Studien zur erfolgreichen Prüfung des von aller Welt sehnlichst erwarteten Impfstoffes gegen Hy-Hy24 abgeschlossen sind, und ab wann der Impfstoff für die öffentlichen Impfungen freigegeben wird. Diese Daten müssen mindestens vier bis fünf Tage vor der Bekanntgabe an die Medien in meinem Besitz sein. Gegen diese Informationsleistung garantiere ich Ihnen, dass niemand die Quelle erfährt, aus der die Daten geflossen sind. Und nun zu dem, was Sie am meisten interessieren dürfte, Ihre Entschädigung. Unsere finanzielle Gegenleistung beträgt mindestens eine Million Schweizer Franken, bar auf die Hand. Bei gutem Geschäftsverlauf, und der ist sehr, sehr wahrscheinlich, kommen nochmals, und auch das ist schon fast garantiert, zwei- bis dreihunderttausend Franken hinzu. Als eine Art Bonus für Sie, Herr Magenta."

Felix Magenta, dem nicht richtig bewusst war, wie viel Geld sein Wissen in Wirklichkeit wert war, war von der Höhe des Angebots zu überrumpelt, um irgendeine bedeutungsvolle Reaktion zeigen zu können.

„Sie bekommen Ihre Daten, Rosenlauer, zeitgerecht. Gehen wir wieder runter!"

Felix Magenta war etwas flau im Magen, aber nicht wegen der Höhe des Martinsturms.

Das leise Lächeln, das sich um seinen Mund gelegt hatte, schien die Erleichterung für die schwere Entscheidung zu zeigen, zu der er in den vergangenen Stunden schrittweise gefunden und sie dann in einer Sekunde gefällt hatte.

Die Familie Schmeitzy

Eine schwere Entscheidung stand auch für Hauptkommissar Schmeitzky im Raum! Ruedi Schmeitzky war unschlüssig, ob er seine Idee, seine Familie zusammenzurufen, tatsächlich verwirklichen wollte. Er war seit längerer Zeit geschieden und hatte nur noch sehr lose Kontakte zu seiner Ex Helen. Die drei Kinder waren in alle Welt verstreut, so kam es ihm wenigstens vor. Trotz allem Abstand, der entstanden war, wurde er gelegentlich kribbelig-neugierig und wollte wissen ‚wie es seinen Leuten' ging.

Soweit er sich erinnern vermochte, war da mal etwas mit einem Emre gewesen, den Helen sich angelacht hatte. Ob seine Tochter Desdemona ihre Ausbildung zur Pflegefachfrau abgeschlossen hatte? Möglicherweise arbeitete sie zurzeit in einem Spital und betreute Hyper24 geschädigte? Von Nathan hatte er noch die Meldung seiner Ex von einem Unfall in Erinnerung. Ja, wie ging es Nathan eigentlich? Und wie war die Liebesgeschichte seines Lieblingssohnes Urs-Ruedi mit Ulya oder Acelya oder Aysha oder wie immer sie geheissen haben mochte, schliesslich ausgegangen? „Es ist spannend eine Familie zu haben!", dachte Schmeitzky von völlig überraschender Zuneigung erfüllt. „Leider haben mich meine Leute ziemlich alleine gelassen", fand Ruedi Schmeitzky aber auch zügig den passenden Grund, um das angedachte Familientreffen ‚auf später' zu verschieben.

Der Businessplan

‚Die Fünf', die perfiden Entwickler der Strategie, wie viel Geld am effizientesten aus der momentanen Pandemiesituation abgeschöpft werden könnte, hatten sich nach intensiver Diskussion dazu entschieden, das Ganze über verschiedene Aktienbörsenplätze der Welt

ablaufen zu lassen. Für dieses Vorhaben brauchten sie einen geeigneten Informanten aus einer der führenden Positionen eines Pharmaunternehmens, der willens war, für gutes Geld den Entwicklungsstand, die Anmeldung bei der Zulassungsbehörde und die zeitlichen Pläne für die Einführung eines neuen Impfstoffes auszuplaudern. Nur durch diese Informationen zum Zeitplan war es für die „Organisation" möglich, die Börsenspekulanten, die auf fette Gewinne hofften, mit Informationen zu füttern und zu Aktionen, zum Kauf oder zum Verkauf von Aktien, zu verleiten – und ihre eigenen Börsenaufträge in die Gegenrichtung zu steuern. Von einem momentanen Börsenkurs von dreihundertzwanzig Franken pro Aktie des Pharmazeutischen Unternehmens ausgehend, würde die Investition für den Kauf von zweihunderttausend Aktien rund fünfundsechzig Millionen Franken ausmachen. Ein Betrag, den die ‚Organisation' ohne besondere Anstrengungen aus den angehäuften Rücklagen stemmen konnte. Das eigentliche Problem war dabei, dass bei einem Kauf von zweihunderttausend Aktien auf einen Streich die ganze Börsenwelt aufhorchen würde. Es empfahl sich also, den Kauf über einen längeren Zeitraum und vor dem Streuen von gefakten Nachrichten zu verteilen. Und aus diesem Gesichtspunkt waren Informationen des Insiders über den Zeitpunkt der Freigabe eines neuen Impfstoffes zur Bekämpfung des Hy-Hy24 von entscheidender Bedeutung. Davon hing die ganze Planung ab. Mit der Bekanntgabe eines kurz vor der Einführung stehenden Präparates würde der Aktienkurs des betreffenden Unternehmens an der Börse unweigerlich zu einem Höhenflug ansetzen und die ‚Organisation' könnte das zuvor über den längeren Zeitraum verhältnismässig billig erworbene Aktienpaket wieder völlig legal am Markt verkaufen. Bei einer realistisch eingeschätzten und aus der reichen Erfahrung angenommenen Kurssteigerung von zwanzig bis dreissig Prozent gäbe dies einen ansehnlichen Kursgewinn von gut zwölf Millionen Franken.

Selbstverständlich wollte die ‚Organisation' auf beiden Seiten, dem Kauf und dem Verkauf von Aktien, Geld verdienen. Hier würde die Strategie der Fake News greifen, um zum gewünschten Ergebnis zu kommen.

Der Widerruf eines zuvor gross angekündigten Durchbruchs in der Forschung – und die daraus gezogene Schlussfolgerung, dass aus der Küche der erwähnten Pharmafirma in Kürze ein wirksames Medikament zur Verfügung stände – würde die Aktien dieser Firma umgehend in den Keller stürzen lassen. Für dieses Szenario schrieb das Drehbuch vor, im Vorfeld, also vor der Veröffentlichung des Dementis, Aktien der betroffenen Firma leer zu verkaufen. Das heisst Aktien zu verkaufen, die man gar nicht besitzt – nur um diese dann, bei fallenden Börsenkursen, zurückzukaufen, wenn die Anleger und die Spekulanten ihr Heil in panikartigen Verkäufen ihrer erworbenen Aktien suchten. Bei dieser Art des Geschäftes liessen sich Gewinne in ähnlicher Grössenordnung erzielen wie beim umgekehrten Modell. Über einen Reinfall dachte keiner der fünf bei der ‚Organisation' involvierten finanzpotenten Geschäftsleute auch nur eine Sekunde nach. Schliesslich beschäftigten sie sich seit Jahren äusserst erfolgreich in diesem Segment des Geldverdienens. Soweit so gut.

Fake News und falsche Gutachten

Gut verpackte und zeitlich genau abgestimmte Fake News können den Weg frei machen für lukrative Käufe und ebenso lukrative Verkäufe von Aktien – wenn man die richtigen Wege, die verlässlichen Partner zu den Kanälen und den Zeitpunkt für die Veröffentlichung der falschen Neuigkeiten kennt.

Das Ideale an Fake News – und der gekauften, falschen Gutachten – war, dass man genau wissen konnte, wann sie platziert wurden. Man hatte sie ja selbst produziert und verbreitet. Auf diese Weise konnte man im Vorfeld der Bekanntmachung der Neuigkeiten die erforderlichen Börsengeschäfte abwickeln. Das war nicht nur sehr clever, das war auch sehr gemein. Diese Geschäfte gehören zu den hinterhältigsten und verwerflichsten im ganzen Finanzsumpf überhaupt. Geschäft eben. Die grössten Gefahren, die den betrügerischen Geschäftemachern drohten, waren verräterische Insider und die verpönten, verachteten Whistleblower. Leute, die sich zu schlecht bezahlt fühlten oder deren Gewissen sich gemeldet hatte, so dass sie die fiesen Machenschaften nicht mehr decken wollten.

Medien

Die gefrässigen und immer auf sensationelle Neuigkeiten erpichten Medien sprangen in dieser schlechten Zeit der Pandemie sofort auf den schon fahrenden Zug auf. Selbst die angesehensten Tageszeitungen und Zeitschriften liessen ihre Sorgfaltspflicht Sorgfaltspflicht sein und brachten die News, zum Teil als exklusiv deklarierte Meldungen, in ihren Blättern.

Die in der Finanzwelt für gute Dienste fast schon üblichen, verwerflichen finanziellen Zuwendungen, vorwiegend von den Printmedien verniedlichend auch Amigobatzen genannt, wurden in den Buchhaltungen der beteiligten Firmen unverfänglich als unvorhergesehene Aufwendungen aufgeführt und belegt. Diese zusätzlichen Unkosten betrafen vor allem freundschaftliche Hilfen beim Platzieren von Fake News in den Zeitungen oder von geschönten oder gefälschten Gutachten in

Zeitschriften zum strategisch festgelegten Zeitpunkt.

Täuschung

Aber das war noch nicht alles. Der Handel mit den Aktien des grossen Basler Pharmakonzerns war ein als Täuschungsmanöver vorgeschobener Kauf oder Verkauf, um die Marktbeobachter in die Irre zu führen. In Wirklichkeit waren ‚die Fünf' schon über längere Zeit dabei, Anteile am japanischen Start-up Wakuchin Kenkyü zu erwerben. Dieses Unternehmen war eng mit dem Konzern verbandelt, sprich die Basler waren der Geldgeber für die Entwicklungsarbeit eines Impfstoffes, die das kleine Start-up Team überaus erfolgreich leistete. Hier lag der Hund begraben, wie die ‚Fünf' an das grosse Geld gelangen wollten.

Wakuchin Kenkyü Aktien waren pures Gold – wenn man die Trümpfe richtig ausspielte. Selbst ein kleiner Verlust aus dem Verkauf des Aktienpakets des Basler Pharmariesen zu Kursen, die unter dem Einstandspreis lagen, würde ihr Schiff nicht ins Schlingern bringen. Im Gegenteil, das Schiff würde stolz auf den tragenden Wellen des Geldsegens, der ihnen der Verkauf der Wakuchin Kenkyü-Aktien bescherte, daherkommen.

Solange

Solanges Heimatland war das nordafrikanische Algerien, ein Land, das von den Franzosen bis 1962 kolonialisiert und drangsaliert worden war. Ihr makelloser hellbrauner Teint, der von schwarzem, leicht gelocktem Haar umringt war, liess vermuten, dass sich ein Kolonialist eine der bezaubernden Einheimischen zur Frau genommen hatte. Solanges leicht schräg stehende Augen mit dem neckischen Silberblick und den wie schwarze Diamanten leuchtenden Pupillen über den hochstehenden Wangenknochen machten das Bild der aussergewöhnlich hübschen Frau vollständig. Sie gab, ungeachtet ihrer geringen Körpergrösse von nur einem Meter und zweiundsechzig, eine ausgezeichnete Figur ab.

Solange beherrschte als gelernte Sekretärin neben dem Französischen drei Fremdsprachen – Englisch, Deutsch und Spanisch mündlich und schriftlich – so trat damit ihre Stelle bei Rhône-Poulenc in Lyon an. Den Stellenwechsel ihres direkten Vorgesetzten zu Aventis in Strassbourg machte sie mit, obwohl Rhône-Poulenc sie gerne behalten hätte. Dieser Wechsel verhalf ihr zu markant verbesserten Anstellungsbedingungen, was es ihr erlaubte, das kleine Modeschmuckgeschäft, das ihre Eltern in Annaba, einer mittelgrossen Stadt im Osten von Algerien betreiben, finanziell zu unterstützen.

Mit dem Zusammenschluss der beiden Firmen Sanofi und Aventis zu Sanofi-Aventis entstand ein Überangebot an qualifizierten Sekretärinnen und Solange entschloss sich, sich von ihrem langjährigen Chef zu trennen – so wenigstens lautete ihre Version des Abgangs. In Tat und Wahrheit hatte sich das Verhältnis zu ihrem Chef wegen der Anstellung einer jüngeren, im Lohn billigeren Sekretärin, merklich abgekühlt. Sie hatte daher im StepStone eine Stellenanzeige geschaltet und erhielt dank ihrer ausgezeichneten Berufs-Vita schon bald mehrere ernsthafte Anfragen. Schliesslich entschied sie sich für das Angebot des renommierten Pharmariesen aus Basel und wechselte nach zügig abgeschlossenen Vertragsverhandlungen ans Rheinknie.

An einer viertägigen Strategietagung in Penzberg lernte sie anlässlich einer Abendveranstaltung den ihr auf Anhieb sympathischen Felix Magenta kennen. Ihre gegenseitige Zuneigung schlief nach der kurzen Penzbergerzeit nicht ein, sondern blieb erhalten und verstärkte sich. Als Magenta seine Zelte in Penzberg abbrach, um seine Arbeit am Hauptsitz in Basel wieder aufzunehmen, war der Weg für Solange geebnet, um die Stelle als Chefsekretärin im Vorzimmer bei Felix Magenta zu übernehmen.

Solange hatte einen weiteren Schritt in ihrer Karriere gemacht. Ihre kleine, aber gemütlich eingerichtete Drei-Zimmer-Wohnung an der Rheinfelderstrasse mit Bildern von Guillaumet und Gestyne aus ihrer algerischen Heimat an den Wohnzimmerwänden vermittelte ihr eine gewisse Intimität und Geborgenheit. Die Bettbezüge mit aufgedruckten, farbigen Motiven aus ihrer Heimat, die sie online bestellt hatte, vervollständigten diesen Eindruck nachhaltig.

Solange war nicht nur Felix Magentas rechte Hand und Vertraute – sie arbeitete als Gespielin nach Dienstschluss auch die sexuellen Vorlieben ihres Vorgesetzten ab. Beidhändig.

Solange wusste beinahe ebensoviel über die geschäftlichen Verflechtungen und Abmachungen zwischen Magenta und seinen Partnern wie er selbst. Sie war über die schriftlichen, wie auch über die mündlichen Vereinbarungen genauestens im Bilde. Das machte sie unersetzlich – und gefährlich. Ihr Gehalt aus der legalen Arbeit für Felix Magenta erreichte jährlich eine hohe fünfstellige Summe. Dank dem zusätzlichen Einkommen, das ihr aus der nicht vertraglich festgehaltenen Schwarzarbeit für das körperliche Wohlbefinden ihres Mentors zu sorgen, zufloss, konnte Solange ihrem Hobby, dem Sammeln exklusiver Damenuhren, spielend nachgehen.

Montres Privées

Vor Monaten war Solange im Magazin „Montres Privées", das Verkäufe von exklusiven Uhren aus Nachlässen aus aller Welt veröffentlichte, die feine Damenarmbanduhr „Printemps" mit ihren vier ins Zifferblatt eingelassenen kleinen Saphiren anstelle der Zahlen drei, sechs, neun und zwölf aufgefallen – aus der Werkstatt von Geretti in Antwerpen! Und, wie immer, wenn sie an einem Stück Gefallen gefunden hatte, hatte sie die Annonce mit zwei feinen Strichen ihres Jotter Edelstahlkugelschreibers markiert. Die im ‚Montres Privées' ausgeschrieben Uhren und anderen Preziosen bewegten sich in einem Rahmen zwischen gut zwanzig bis fünfzigtausend Franken. Das war, in der unteren Hälfte des Preissegmentes, in dem sich Solange gerade noch engagieren konnte. „Und vielleicht würde Felix die markierte Stelle zufällig sehen und ihr...", aber das war reines Wunschdenken, sie kannte ihren Felix lange genug. Aber irgendetwas schien im Busch zu sein, wie sie Magentas Benehmen in den vergangenen Tagen entnehmen konnte.

„Vielleicht liegt da eine ausserordentliche Gratifikation in der Luft und dann ...", keimte ein leiser Hoffnungsschimmer in Solange auf. Ansonsten musste sie sich die Uhr selbst kaufen – und das tat sie auch.

Monsieur Bob war der gutaussehende Mann für alle Entsorgungsfälle. Seine Dienste leisteten sich die Leute aus der Geschäftswelt, denen eine unliebsame Person zu lästig oder schlicht entbehrlich wurde. Monsieur Bob war als Salman Bensouda in Sidi Moumen, einem von hunderten Armenvierteln im marokkanischen Casablanca zur Welt gekommen. Schon früh in seinem Leben wurde er mit der alles lähmenden Armut seiner Eltern konfrontiert. Im Alter von sechs Jahren musste er die erste riesengrosse Enttäuschung seines Lebens hinnehmen. Er wurde von seinen besten Freunden in seiner Heimat getrennt. Sein Vater hatte von einem entfernten Verwandten seiner Frau, der in Marseille eine Garage betrieb, einen um viele Francs besser bezahlten Job angeboten bekommen, der die Familie in eine finanziell etwas bessere Lage versetzte.

Die Tortoise

Salman hatte bei einem Streit, bei dem es um die Vorherrschaft in seinem Stadtviertel gegangen war, herausgefunden – er war inzwischen dreizehn Jahre alt geworden – dass er keine Skrupel kannte auf seine Widersacher einzuschlagen, um seine Vorstellung von den Verhältnissen in seinem Marseiller Quartier durchzusetzen. Der weinrote Fez, den er lange mit grossem Stolz auf seinem Kopf getragen hatte, wurde von einem marokkanischen Strohhut abgelöst, der ihn aus seiner Sicht männlicher erscheinen liess. Mit fünfzehn war Salman, was soviel wie ‚der Friedliche' heisst, der unumstrittene, alleinige Führer der ‚Tortoise'. Die Mitglieder der ‚Tortoise' lebten und setzten die ungeschriebenen Gesetze des Quartiers rücksichtslos in die Tat um. Salman war von der Friedfertigkeit, die sein Name suggerierte mittlerweile meilenweit entfernt. Schlägereien, um die Herrschaft zu verteidigen, das Schutzgeld von kleinen Ladengeschäften einzutreiben und mit seinem dröhnenden Motorrad Präsenz im Viertel zu markieren, gehörte zu seinem täglichen Arbeitspensum. Selbst ein nicht aufgeklärter Totschlag stand schon in seinem umfangreichen kriminellen Palmarès. Salman ‚der Friedliche' hatte das ihm zusagende Berufsfeld gefunden. Es war nur noch eine Frage der Zeit, bis er sich an grosse, einträgliche Geschäfte wie Erpressung und Mord wagen würde.

Salman Bensouda hatte sich inzwischen den Namen Monsieur Bob zugelegt, weil ihm die abenteuerliche Geschichte von Bob Denard, dem Berufsputschisten und Söldnerführer auf den Komoreninseln einen tiefen Eindruck hinterlassen hatte – und weil er sich, zur Abgrenzung von seinen Untergebenen, eine eigene, starke Vita zurechtlegen musste.

Nach der zufriedenstellenden Ausführung seines ersten Mordauftrags, er war gerade siebzehn Jahre alt geworden, legte Salman Bensouda alias Monsieur Bob das Geschick der ‚Tortoise' in die Hände seines Lieutenants Armand. Er wollte sich nur noch auf die versteckteren, lohnenderen Verbrechen konzentrieren, als es die tägliche, aufreibende Quartierarbeit war. Und die brauchten mehr Zeit und eine andere, intensivere Art der Vorbereitung. Als einziges Wahrzeichen für seine Stellung, die er im Quartier innegehabt hatte, blieb ihm der etwas klobig wirkende Fingerring mit der Gravur ‚Salman, Roi des Tortoises Marseille' auf der Innenseite, den ihm ein ‚Kunde', unter der Androhung von physischer Gewalt, kostenlos hatte anfertigen lassen. Kleine Könige brauchten ihre Bestätigung ebenso wie die mächtigen grossen Könige ihrer Zunft in Politik und Wirtschaft. Selbst diese grossen Könige, zu denen Salman ehrfürchtig hochschaute, hatten sich ihre Sporen abverdienen müssen, bevor sie als wertvolle und geachtete Mitglieder der Gesellschaft ihren einträglichen illegalen Geschäften legal nachgehen konnten.

Beruflicher Aufstieg

Monsieur Bobs sprichwörtliches Pflichtbewusstsein, die saubere und effiziente Durchführung der eingegangenen Kontrakte und seine Verschwiegenheit hatten sich in den interessierten Kreisen in Windeseile herumgesprochen. Salman stieg in der Hierarchie der gedungenen Berufsmörder innert kürzester Zeit zur Nummer eins der Branche auf. Er wurde zum willigen, arbeitseifrigen Werkzeug von Geschäftspartnern, die ihre Hände nicht schmutzig machen wollten, die aber bereit waren viel Geld in die Hände zu nehmen, damit diese tatsächlich auch sauber blieben. Salman, dessen war er sich bewusst, musste sich vom Quartiermief lösen. Er gehörte jetzt zur gehobenen Gesellschaft der Marseiller Berufsverbrecher. Seinen ersten mündlichen Arbeitsvertrag führte er noch unter einem kurzzeitigen, nur für diesen einen Auftrag angenommen Pseudonym Monsieur Pierre aus. Sein bedauernswertes Opfer war ein aufmüpfiger Fischkutterbesitzer gewesen, der die Händler am Fischmarkt am Quai de la Fraternité täglich mit frischem Fisch versorgt hatte. Dieser, ein hart arbeitender Vater von fünf heranwachsenden Buben, hatte sich geweigert der Marseiller Hafenmafia das von einem Tag auf den anderen um mehrere hundert Euro heraufgesetzte Schutzgeld abzuliefern.

Wenige Tage nach seinem mysteriösen Verschwinden, wurde der aufmüpfige Fischlieferant mit betongefüllten Stiefeln einen Meter unter der Wasseroberfläche stehend im Vieux Port von Marseille gefunden.

Schmeitzky in der River Suite des ‚Les Trois Rois'

„Ein schrecklicher Anblick!" Schmeitzky war sichtlich empört. Er zeigte dabei mit ausgestreckter und nach oben gerichteter Handfläche auf die wild über den Fussboden der River Suite verstreut liegenden wunderbaren, weissen Orchideen. Das Wasser, das aus der umgestürzten Vase ausgelaufen war, hatte einen dunklen Fleck auf dem Wollteppich hinterlassen. „Ganz schrecklich", wiederholte sich der Hauptkommissar kopfschüttelnd. Chefdetektiv Prächtiger, der sich einiges an Ungereimtheiten von seinem Chef gewohnt war, konnte die Aufregung von Ruedi wegen ein paar wenigen umherliegenden Blumen nicht nachvollziehen. Hauptkommissar Schmeitzky war dafür bekannt, dass er Blumen jeglicher Art nicht ausstehen konnte. Es

war auch bekannt, dass nicht eines dieser Gewächse je in einer seiner Wohnungen, weder früher an der Ackerstrasse, noch jetzt an der Heinrichsgasse, vorzufinden gewesen wäre. Schmeitzky und Blumen, das war unvereinbar. Und jetzt dieser Ausbruch!

Apropos Schmeitzky und Blumen: Es gab da noch die kleine Geschichte mit Vera, der Vorzimmerdame und guten Seele der Abteilung. Kommissar Schmeitzky hatte Vera nach dem tragischen Unfalltod ihres vormaligen Chefs, Kommissar Sperling, der beim Wasserskifahren auf dem Comersee tödlich verunfallt war, in seine Dienste übernommen. Und sie, die gute Seele eben, wollte sich an ihrem ersten Tag bei ihrem neuen Vorgesetzten mit einem wunderschönen Herbstblumenstrauss vorstellen, den sie sich beim Blumenstand auf dem Marktplatz hatte zusammenstellen lassen. Die Geschichte ging so zu Ende, dass Vera, das frische Blumengebinde an ihre Brust gedrückt, rückwärts aus Schmeitzkys Büro herausgekommen war. Ein Wachtmeister, der sich gerade einen Kaffee holte, traf die tief gekränkte Vera weinend am Tisch in der kleinen Kaffeestube sitzend.

Pfandleiher

Detektiv Graber vom Schmeitzkyteam, der wieder einmal eine Miene schlechter Laune zur Schau trug, fiel beim routinemässigen Durchblättern der verschiedenen Magazine Bazar, LIFE, Brigitte und Montres Privées die auf dem Glastisch in der River Suite verteilt lagen, die mit feinen Strichen markierte Annonce im Montres Privées auf. Dank des Geistesblitzes von Detektiv Graber, die Uhr auf die Liste gesuchter Preziosen zu setzen und diese bei den einschlägig bekannten Pfandleihern zu deponieren, führte zum insgeheim nicht erwarteten Erfolg. Nur einen Tag nach dem Auffinden der Leiche von Magenta im ‚Les Trois Rois' kam die Erfolgsmeldung auf dem Spielgelhof herein.

„Ich habe die Uhr, die Printemps, die ihr Detektiv gesucht hat! Sie ist vor wenigen Minuten reingekommen. Mit einer blonden Frau", sagte der Pfandleiher, der seinen Geschäften in Kleinbasel nachging, ziemlich aufgeregt zum Stage Wälle, der zum unbeliebten Telefondienst verdonnert worden war.

Das fliegende Handy

Die beiden Parteien, Magenta auf der einen Seite und die Finanzbetrüger auf der anderen, hatten festgelegt, dass sie für die Kommunikation untereinander Mobile Phones benutzen würden. Immer ein anderes, zuvor noch nie verwendetes, für jede Kontaktaufnahme. Ausdrücklich ein anderes für jede Kontaktaufnahme! Und anschliessend, nach dem Ausbauen der SIM-Karte, galt die Devise ‚Weg damit', um etwaigen Ermittlern keine Nachverfolgung zu ermöglichen. Bei den technischen Möglichkeiten, die auch der Polizei heute zur Verfügung standen, war diese Vorsichtsmassnahme unumgänglich – und ein locker verkraftbarer finanzieller Aufwand.

Felix Magentas' Marotte, die ihn schon seit längerer Zeit begleitete, kam ihm nun zugute. Er hatte fast alle seine Handys, die er jemals gekauft hatte, aus Kostengründen aufbewahrt. Diese lagen, fein säuberlich in saubere Lappen eingepackt, in einer Schublade seines Zimmers im ‚Les Trois Rois'. Und alle diese Handys hatten dieselbe Eigenheit: Felix hatte sie mit einer dünnen seidenen Handschlaufe versehen. Diese raffinierte Methode hatte er deswegen eingeführt, weil ihm die kleinen, schlüpfrigen Dinger während des Telefonierens zwei, drei Mal aus der Hand geglitten und zu Boden gefallen waren.

Eines dieser Mobiles, ein altes Nokia 3320 mit orangefarbener Silikonhülle, warf er nach einer erfolgten Kontaktaufnahme mit den Betrügern zur Entsorgung am Schaffhauserrheinweg in den Rhein, so meinte er wenigstens. Er entsprach so den Weisungen, vergass aber die SIM-Karte zu entfernen. Er hatte dem Mobile für den Flug in den Rhein etwas zu wenig Schwung mitgegeben und der Landung des kleinen Dings keine Beachtung geschenkt. Kurz vor dem Rheinufer war das Handy mit der praktischen Handschlinge an einer knorrigen Wurzel, die aus dem Rheinbord lugte, unbeschädigt hängen geblieben. Das Handy fand danach den Weg über ein älteres Ehepaar, das an der Rheinpromenade seinen Abendspaziergang gemacht hatte und dort das an der Wurzel baumelnde Handy entdeckte, auf den Claraposten.

Die Herrschaften brachten das Nokia, sich wortreich entschuldigend: „Man liest und hört heutzutage soviel von den unhaltbaren Zuständen an der Rheinpromenade, da haben wir gedacht", er warf dabei seiner Frau einen zärtlichen Blick zu, „wir bringen es Ihnen hier auf dem Posten schnell vorbei." Genau dorthin, wo es, aus der Sicht der Finanzjongleure, unter keinen Umständen hätte hinkommen dürfen. Wachtmeister Stampfli, auf dessen Schreibtisch das Nokia schliesslich gelandet war, drückte mies gelaunt und ziemlich gelangweilt auf den verschiedenen Funktionstasten des Handys herum, um herauszufinden, ob sich ein Hinweis auf den Inhaber des Gerätes finden lasse. Bei ‚letzter Anruf' war der Ausgang einer Nachricht an die Nummer 061 260 50 50 vermerkt.

„Hotel ‚Les Trois Rois', wie kann ich Ihnen behilflich sein?", klang es freundlich aus dem Hörer, als er die Nummer zur Feststellung der Identität des Empfängers gewählt hatte.

„Entschuldigen Sie, ich habe mich verwählt", sagte Wachmeister Stampfli bemüht freundlich und legte den Hörer sachte auf die

Gabel seines altmodischen Telefonapparates zurück. Bei der folgenden Funktion, Videos, die er auf dem Handy anwählte, kam ihm auf dem viel zu kleinen Display eine wunderhübsche, dunkelhaarige Frau entgegen. Splitternackt, wie ER sie geschaffen hatte. Leider war die Aufnahme nicht sehr scharf und zudem ein wenig verwackelt. „Kunststück, bei diesem Sujet", schmunzelte Stampfli bei sich plötzlich bei besserer Laune. Der Wachmeister schaute gebannt zu, wie die Frau mit elegantem Gang weiter auf ihn zukam. Trotzdem glaubte er im Hintergrund der Aufnahme die Umrisse des markanten Kasernengebäudes, das gegenüber des ‚Les Trois Rois' am anderen Rheinufer lag, wahrgenommen zu haben. Die wenigen Worte, die die Frau zu dem Filmenden in den fünf, sechs Sekunden, die die Aufnahme etwa dauerte, in das Mikrofon der Handykamera ziemlich ungehalten sagte, lauteten: „In zwei Tagen geht es los bei deinem Pharmabetrieb…" und dann: „Felix, laisse ça, avec le Scheisshandy!". Der amüsiert-geschmeichelte Gesichtsausdruck wollte dabei nicht so recht zu ihren harschen Worten passen.

Der Sucher des Scheisshandys schwenkte von der nackten Dame weg und nahm für den Bruchteil einer Sekunde nur noch das Muster des dunkelrot-schwarz gemusterten Teppichbodens auf, bevor es mit einem leisen „Klick" ganz abgeschaltet wurde. Der Wachmeister drückte erneut auf play, um sich die Dame nochmals genauer anzusehen. „Wirklich hübsch", sagte er, als die viel zu kurze Sequenz schon wieder abgelaufen war. Aber irgendetwas an der Bemerkung der Frau hatte Stampfli stutzig gemacht – so sehr hatte ihn der erfreuliche Anblick der Dame dann doch nicht von seiner Aufgabe abgelenkt. „In zwei Tagen geht es los bei deinem Pharmabetrieb ..."

Die Politiker in Basel waren immer sehr darauf erpicht, nichts auf die Pharmariesen in ihrer Stadt kommen zu lassen. Es wurde darauf geachtet, dass die Anliegen und Wünsche aus den Chefetagen dieser für Basel wichtigen, weltweit tätigen Unternehmen pfleglich behandelt werden. Das wurde der Polizei und den ins Rathaus Gewählten von den Regierungsräten, wenn auch nicht offiziell, immer wieder eingeschärft. Der Wachmeister beschloss das Handy, mit einem von ihm unterschriebenen Aufnahmeprotokoll versehen einzupacken und den versiegelten Umschlag mit dem Kurier an den Spiegelhof zur Weiterbearbeitung bringen zu lassen.

Das Video ist bei Chefdetektiv Prächtiger

Graber, der Prächtiger über die Schulter auf den kleinen Bildschirm des Handys schaute, sagte nur: „Cool, wie die Zimmer heutzutage ausgestattet sind, für die, die das nötige Kleingeld haben! Und die leichte Bekleidung des Personals. Ich sag es nochmals: Cool!"

„Das war die Sekretärin, du Spanner", korrigierte Chefdetektiv Prächtiger seinen langjährigen Kollegen lachend. „Und sie war nackt, Thomas!", widersprach Prächtiger. „Nackt und leicht bekleidet sind zwei grundsätzlich verschiedene Kleidertragarten. Das sollte dir als Detektiv eigentlich klar sein!"

„Also, dann halt nackt", gab Thomas Graber widerwillig nach, nur um das letzte Wort zu haben.

Kauf der Aktien von Basler Multis als Ablenkungsmanöver

Es war der ‚Organisation' wichtig, beim Kauf der Aktien an den Börsenplätzen möglichst keine Unruhe aufkommen zu lassen. So wurde das Hauptaugenmerk auf die Hauptbörse Swiss Exchange, die doch ganz ansehnliche Umsätze verzeichnete, gerichtet. Als zweite Börse wurde auf die Nasdaq OTC, die grösste elektronische Börse in den USA gesetzt. Die Kaufaufträge wurden, mit der Auflage kleine Aktienpakete zu kaufen, an verschiedene Banken vergeben. Im Zeitraum von drei bis vier Wochen vor der geplanten Lancierung der Fake News Aktion in den verschiedenen Medien – Zeitungen, Fernsehen, Internet. Als weitere, wichtige Sicherheitsmassnahme wurden die Kaufaufträge ‚à discrétion' und mit limitierten Kaufpreisen versehen, um am Markt nicht mit Käufen au mieux aufzufallen.

Zur Vorbereitung auf den grossen Coup gehörte selbstverständlich das über mehrere Wochen wiederholte Platzieren von scheinbar bedeutenden Nachrichten über die pharmazeutischen Firmen und ihre Durchbrüche beim Suchen eines Impfstoffes gegen den üppig grassierenden Virus. Die jeweils wenige Tage später erfolgenden Dementis oder Neuinterpretationen der Experten und Sachverständigen sollten das Klima rund um den Hy-Hy24-Virus weiter anheizen und die Investoren ins Grübeln bringen – und von unermesslichen Börsengewinnen träumen lassen.

Detektiv Marcel Iseli, der Unbekannte im Schmeitzkyteam

„Mingalarbar, meine Herren", rief der mit etwas Verspätung erschienene Detektiv Marcel Iseli unter der Tür zum Besprechungszimmer stehend in den Raum hinein. „... und meine Dame selbstverständlich", fügte er an, weil er Vera, die vom hölzernen Corpus leicht verdeckte Perle der Abteilung, erst im Nachhinein entdeckt hatte. Iseli machte, mit thea-

tralisch ausgebreiteten Armen, wie ein Operettensänger auf der Bühne, einen Schritt in den Raum hinein und rief nochmals glücklich lächelnd: ‚Mingalarbar'.

Chefdetektiv Prächtiger, die Detektive Graber und Schermesser sowie Regennass, der Leiter der Spurensicherung sassen vom unerwarteten Auftritt Iselis überrascht und verblüfft in den bequemen Ledersesseln am ovalen Tisch der Mordkommission im Spiegelhof. Sie waren dabei, die Vorgehensweisen der anstehenden Recherchen im noch jungen Fall ‚Weisse Orchideen' zu koordinieren. Im immer wieder beliebten Spiel um die interne Bezeichnung eines neuen Mordfalles, hatte ‚Weisse Orchideen', der Vorschlag von Schmeiztky, die Oberhand über Grabers läppisches ‚Todessuite' und Prächtigers zu einfaches, spannungsloses ‚Drei Könige' gewonnen. Schermessers zu gesuchtes ‚Suite des Grauens' schaffte es nicht in die Abstimmung. Regennass beteiligte sich traditionell nicht an der seiner Meinung nach makabren Suche nach einem Namen für einen Mordfall.

Detektiv Graber, der als erster seine Überraschung abgelegt hatte, fragte auf seine unwirsche Art: „Ise, was soll das Theater?"

Ise erklärte, noch immer mit einem feinen Lächeln auf den gekräuselten Lippen: „,Meine' hat gesagt, sie wolle mal nach Burma in die Ferien fahren. Ihre beste Freundin habe ihr erzählt, es sei wunderschön dort, und ich solle mich schon mal ein bisschen auf diese Reise vorbereiten. Also habe ich gegoogelt und gelesen, dass ‚Mingalarbar' auf Deutsch soviel heisst wie: ‚Guten Tag'."

„Grässlin hat mir den Obduktionsbericht von dem Toten im ‚Les Trois Rois' geschickt", sprach Hauptkommissar Schmeitzky, von seinem Abstimmungserfolg sichtlich gestärkt und vom Auftritt Iselis scheinbar unberührt, ansatzlos und deutlich in den Raum hinein.

„Die Todesursache war, wie wir vor Ort unschwer feststellen konnten, ein Schuss aus nächster Nähe zwischen die Augen mit sofortigem Todeseintritt. Bei der verwendeten Waffe dürfte es sich um eine Glock 26, Kaliber 9 gehandelt haben." Schmeitzky lehnte sich mit einem schiefen Lächeln in seinen Sessel zurück und sagte: „Magenta hatte vor seinem Tod noch ein Fondue gegessen und reichlich Weisswein und Kirschwasser zu sich genommen, wie Grässlin bei der Untersuchung des Mageninhalts herausfand. Auf dem hauseigenen CD-Abspielgerät aus der reichhaltigen ‚Les Trois Rois'-Kollektion hatte er eine CD von Leon Redbone aufgelegt."

„Aber das bringt uns nicht weiter, oder?", folgerte Schmeitzky allen Ernstes. „Er hätte auch die ‚Kleine Nachtmusik' aufgelegt haben können und wäre gleich tot, wie jetzt mit diesem Red irgendwas."

„Und Sex? Spermaspuren?", fragte Thomas Graber seinerseits unschuldig in die Runde schauend. „Das gehört doch zusammen, oder nicht? Ein gutes Nachtessen mit viel Alkoholika, eingängige Schmusesongs und dazu eine willige Blondine." Detektiv Graber bemühte immer wieder gerne mal die Klischees des Boulevards.

„Mach mal halblang, Thomas", warf Regennass nicht sehr erheitert ein. Und: „Mit den unzähligen, verschiedenen Fingerabdrücken, die ich am Tatort vorgefunden habe, ist auch kein Staat zu machen. Da sind die der Damen des Zimmerservices dabei, die von Magenta selbst und unzähliger anderer Personen, die aus irgendeinem Grund in der Suite tätig waren."

„Was wir bis jetzt über den Ermordeten Felix Magenta wissen", fuhr Schmeitzky fort, „wissen wir aus den Unterlagen des ‚Les Trois Rois', die uns die Managerin des Hauses besorgt hatte. Er war Dauermieter der ‚River Suite Balcony' …"

„Etwas, das sich unsereins nicht leisten kann", fühlte sich Detektiv Graber berufen seinen überflüssigen Kommentar abzugeben.

„… und er war ein ruhiger Gast, der mit Ausnahme des Frühstücks praktisch nie in den anderen öffentlichen Räumlichkeiten des Hotels, wie der ‚Brasserie', dem ‚Cheval blanc' oder an der Bar, gesehen wurde. Die Rechnungen für die Suite, den Zimmerservice, sowie die Bezüge aus der reichhaltig ausgestatteten Zimmerbar, gingen jeden ersten des Monats an die Verwaltung seines Arbeitgebers

Bei diesem Arbeitgeber werden wir in einem nächsten Schritt nähere Informationen einholen. Doch dazu später mehr."

Stage Schoop

„**Team, wir wissen, was** wir haben und wir wissen, was auf uns zukommt!", bemühte Prächtiger wieder einmal die alte Schmeitzkyfloskel. „Da ist, wie bei jedem Verbrechen, die erste Frage die Frage nach dem Motiv für die Tat. Aber wem sage ich das", lächelte der Chefdetektiv seine tüchtigen Detektive von der Mordkommission Basel-Stadt an. „Und Sie, ‚Wälle' bekommen als Stage erstmals mit, wie effizient und Hand in Hand bei uns gearbeitet wird."

Schon bald nach seiner Ankunft in Basel bekam Schoop – traditionell von Detektiv Graber ausgesucht – seinen Spitznamen verpasst. Grabers Grossvater war Handelsreisender für die Firma Nilfisk in der Zentralschweiz gewesen und hatte immer wieder mal eine gut gefüllte Tüte mit Willisauerringli aus der Innerschweiz mit nach Hause gebracht.

Thomas Graber dagegen hatte vor einigen Jahren seine unfreiwilligen, dreiwöchigen Militärferien in Lengwil bei der GABA, dem Gemeindeamt für Bevölkerungsschutz und Armee, verbracht. Bei seinen gelegentlichen Abendessen im Restaurant ‚Sternen' hatte er, auf innige Empfehlung der Serviertochter, als Dessert den Thurgauer Wällekueche bestellt. Mit wachsender Begeisterung, hatte er dieses mit Schlagrahm verzierte Gebäck immer wieder bestellt. ‚Ringli' oder ‚Wälle'?, fragte sich Graber unschlüssig. Das feine Gebäck hatte letztlich den Ausschlag dafür gegeben, Stage Schoop den Übernamen ‚Wälle' anzuhängen. Obwohl bei Schoop kein direkter Bezug zum Thurgau bestand nahm Graber sich ‚die dichterische Freiheit heraus', wie er mit schelmischem Lächeln meinte, dem Luzerner den Beinamen ‚Wälle' anzuhängen.

Beat Schoop war von der Kantonspolizei Luzern aus Willisau für ein Jahr als Stage nach Basel delegiert worden, um bei der Basler Polizei zu hospitieren. Schoop hatte von der Stadt Basel eine Zweizimmerwohnung in einem Altbau an der Florastrasse im Kleinbasel zugewiesen bekommen. Von da hatte er nur knapp fünfzehn Minuten bis zu seinem Arbeitsplatz im Spiegelhof zu gehen. „Und, wenn du die Fähre über den Rhein nimmst, bist du fast ebenso schnell im Grossbasel, wie mit dem Tram oder zu Fuss", hatte Iseli „Wälle" an seinem zweiten Basler Arbeitstag eröffnet.

Auslegeordnung

Hauptkommissar Ruedi Schmeitzky sass, vermeintlich wieder einmal tief in Gedanken versunken, an seinem Schreibtisch. Der Zeigefinger seiner linken Hand spielte mit dem kleinen, leicht vergilbten Kassenzettel der Rheinbrücke, den er sorgfältig mit Scotch an die linke untere Ecke seines PC-Bildschirms geklebt hatte. Mir einem Seufzer las er diesen Zettel vielleicht zum vierhundertunddreiundzwanzigsten Mal: *Besten Dank für Ihren Einkauf. Sie wurden bedient durch: Gabr. Neuenschw.* Einmal mehr schwor er sich, diesen vermaledeiten Kassenbon endlich wegzuwerfen. Aber er wusste, er würde es wieder nicht fertigkriegen, sich dieser für ihn wichtigen Reminiszenz zu entledigen. Schmeitzky packte seine Unterlagen, erhob sich steifbeinig und begab sich ins Ermittlungszimmer zu seinen Leuten.

Chefdetektiv Prächtiger, dessen beispiellose Ehrlichkeit für einen Polizisten fast schon unanständig war– es wäre ihm nicht auch nur annähernd in den Sinn gekommen eine für die Ermittlungen wichtige Aussage so zurechtzubiegen, dass sie zu den polizeilichen Ergebnissen passte – hatte ihn, Schmeitzky, nach seinem Kursaufenthalt allen Ernstes wiederholt gefragt, ob er den Kassenbon nicht besser in den Papierkorb schmeissen würde. Das würde ihm vielleicht helfen, Gabi zu vergessen.

„Was haben wir, was wissen wir?", fragte der fast ganz – einzig seine dunkelgrünen Socken bildeten die Ausnahme – in Grau gekleidete Hauptkommissar ohne Einleitung in die Runde der anwesenden Beamten und ohne einen von ihnen auch nur ansatzweise anzusehen. Und er gab sich gleich selbst die Antwort.

„Wir haben …, Moment …", Schmeitzky nestelte in den Papieren, die unordentlich vor ihm auf dem Tisch lagen, und zupfte einen Notizzettel daraus hervor, „... hier ist es ja, ... einen Toten. Einen ermordeten Toten, genauer gesagt", präzisierte er. Wir wissen, wer der Tote ist. Wir kennen seinen Arbeitgeber. Wir wissen, was er zuletzt gegessen hatte, aber das nur so nebenbei – und wir kennen die Todesursache, den ungefähren Zeitpunkt des Todes und die Art der Waffe, die ihn ins Jenseits befördert hat. Und jetzt, und das ist für einige von euch brandneu", sagte Schmeitzky in seiner unnachahmlichen Art sein Vorwissen auszukosten, „kommt der Clou! Wir haben ein Handy, das an der Rheinpromende gefunden wurde. Ein Handy mit Tiefgang. Unsere Spezialisten haben herausgefunden, dass das Mordopfer von diesem Handy aus telefoniert hatte. Kurz vor seinem Tod!" Schmeitzky, dessen Gesichtshaut sich leicht gerötet hatte, lehnte sich in seinen Sessel zurück. Aus seiner neuen, nun halbliegenden Stellung schloss er mit einer letzten Bemerkung die Vorstellung der Auslegeordnung zum Fall ‚Weisse Orchideen', ab.

„Aufgrund dieser uns vorliegenden Angaben gilt es eine Dringlichkeitsliste zu erstellen, die die Aufgaben umfasst, die wir der Reihe nach angehen müssen. Unser Ziel, und die Vorgabe der Leitung der Mordkommission ist es, ich zitiere Chefkommissar ad interim Breitenstein-Glattfelder, ‚die Mordtat so schnell wie möglich aufzuklären und den oder die Täter der gerechten Strafe zuzuführen'."

Mit einer aufmunternd gemeinten Handbewegung wies er Chefdetektiv Prächtiger an, die Leitung der Sitzung zu übernehmen: „Roman, du machst das mit deinen tüchtigen Leuten."

Prächtiger wusste genau, was das hiess. Immer, wenn Schmeitzky ‚eine Liste erstellen liess' und er angewiesen wurde zu übernehmen, wurde es sein Fall und der Fall seiner Leute. „Klar, Chef, und danke für die klare und sachliche Einleitung!"

Eliane Banderet – die Bankerin

Wie beinahe jeden Morgen verpasste Eliane Banderet beim Umsteigen auf dem Barfüsserplatz den Tramanschluss der Nummer 3, der sie zu ihrem Arbeitsplatz in der

Filiale ihrer Bank im Breitequartier führen sollte. Eliane ärgerte sich nie über die sechs, sieben Minuten, die sie warten musste, bis das nächste Dreiertram kam. Im Gegenteil. Es war um diese Zeit immer sehr viel Betrieb am Barfüsserplatz. Eliane war sechsunddreissig Jahre alt und ledig. Sie war keineswegs auf Männersuche, aber sie musterte immer gerne die Männlichkeit, die sie umgab. Nicht das Grünzeugs, das die Treppenstufen zum Kohlenbergschulhaus hinauflief oder die schon früh morgens geschniegelten Jungs mit dem gelierten Haar und den ausrasierten Scheiteln, die den Coiffeursalon, der hinter der Tramhaltestelle lag, verliessen. Nein, ganz einfach stinknormale Männer, die zur Arbeit gingen und während der Wartezeit in einer Gratiszeitungen, die an vielen Tramstationen auflagen, die ersten Neuigkeiten lasen – und sich unbeobachtet fühlten. Gut und weniger gut rasierte Männer, denen der Kragenspitz umgebogen war oder die gut sichtbare, aber unpassende rote Socken zu hellbraunen Hosen trugen.

Eliane Banderet war Bankangestellte und hatte heute wieder einmal, wie jährlich zweimal, die Aufgabe die Aktivitäten ihres Kundenstamms zu überprüfen. Sie musste sich die Konten anschauen, feststellen, wie viel Bargeld unnütz auf den jeweiligen Konten lag und, entscheiden ob es Sinn machte, den Kunden zu einem Gespräch einzuladen und ihn über die Anlagemöglichkeiten aufzuklären, die die Bank anbot. Im Vordergrund standen natürlich die Eigenprodukte der Bank. Anteile an einem Fonds zu verkaufen war für das Bankinstitut fast risikolos, und dem Kunden wurde zudem das Gefühl vermittelt, an einigen führenden Unternehmen der Schweiz beteiligt zu sein.

Grollimund Dominique. Den Bankauszug dieses Kunden hatte sie sich auf den Bildschirm hochgeladen, um die Bewegungen zu überprüfen. In der Eingabemaske zu den Eigenheiten des Kunden hatte sie festgestellt, dass dieser als Langweiler eingeordnet worden war. Keine Anlagewünsche waren verzeichnet, keine langen Gespräche mit der Kundenberaterin. Eigentlich nur ein Kostenpunkt, sieht man von den happigen Spesen für die einfache Kontoführung ab. Eliane Banderet war drauf und dran Grollimund vom Bildschirm verschwinden zu lassen, als sich ihr Pflichtbewusstsein meldete und sie den kombinierten Kontoauszug/Anlagebericht zum Öffnen doch noch anklickte. Unglaublich! Sie traute ihren Augen nicht. Der Langweiler wies eine Einbuchung von eintausend Aktien einer grossen Basler Chemiefirma auf zu einem Tageskurs von Fr. 318.- pro Aktie auf! Und das war nicht alles. Knapp zwei Monate nach der Einbuchung wurden diese eintausend Aktien an der Börse wieder verkauft – zu einem Verkaufspreis von Fr. 429.50 Eliane tippte die Zahlen hastig in ihre Rechnungsmaschine ein und kam auf einen kurzfristigen Börsengewinn von 35%. Brutto, versteht sich. Eliane Banderet, eine Bankbeamtin mit langjähriger Erfahrung, hatte einen komischen Geschmack auf der Zunge. Für sie roch dieses Geschäft ganz stark nach Ausnützen von Insiderwissen. Ein Kunde wie Grollimund, der nie etwas am Hut gehabt hatte mit Aktienanlagen, geschweige denn mit Börsengeschäften, sollte auf einmal, mir nichts dir nichts, diesen Glücksgriff getan haben?

„Ich muss dieses möglicherweise dubiose Geschäft der Direktion melden! Mir kann ja nichts passieren. Ich erfülle nur meine Pflicht. Ich muss die Meldung machen", wiederholte sich Eliane selbst beschwörend. „Eine höhere Charge musste diesen Fall unter die Lupe nehmen. Sollen die sich die Finger verbrennen!", war Banderet der Überzeugung. „Wenn nicht das hinter der Börsentransaktion steckt, was ich vermute, kann ich Grollimund im Nachhinein immer noch zu seinem goldenen Händchen gratulieren", hielt sich Eliane Banderet ein Hintertürchen offen.

Anita ruft an

Hauptkommissar Ruedi Schmeitzky blätterte gerade durch die 20 Minuten, als sein Telefon gnadenlos zu sägen begann. „Selbst schuld", dachte der Chef der Basler Mordkommission mit einem leisen, ungewohnten von Anflug von Selbstkritik. Er löste seine Augen von einem wenig aussagenden Bericht über süsse Fuchsbabys und griff seufzend nach seinem nervig läutenden Telefon.

„Do isch d'Anita, Schatzi, d'Anita vom ‚Schoofegg', bist du es?", bohrte sich die unverwechselbare und eindringlich-schmerzliche Stimme in seinen Hörgang, kaum hatte er den Hörer an sein rechtes Ohr gehalten. Dieses eindringliche ‚Schatzi' hatte er so nur einmal im Leben gehört.

Seine Ex-Frau Helen hatte ihn nie ‚Schatzi' genannt. Daran hätte er sich erinnert. Auch seine drei Kinder kamen da nicht in Betracht. Für diese war er sowieso nur eine sächliche Person gewesen. Er war sicher, dass sie nicht mal seinen Vornamen kannten. Am ehesten vielleicht noch Urs-Ruedi, sein Ältester. Schmeitzky hatte diesen, entgegen der fast schon sakrosankten Familientradition, dass der erste männliche Nachkomme einer Familie Ruedi zu heissen hat, mit dem Zusatznamen Urs versehen, Urs-Ruedi eben. Seine eingängige Begründung war darin zu suchen, dass bei den fast täglichen Auseinandersetzungen am Esstisch zwischen seiner Mutter und seinem Vater, immer wieder der Name Ruedi fiel. Und vielfach fühlte sich Ruedi junior von den Vorhaltungen seiner Mutter zu unrecht angesprochen.

„Es ist bald wieder soweit!", schnarrte die durch das im Hintergrund hörbare Beizengespräch und das leise Gläsergeklirr vernehmbare Stimme weiter drauflos. „Fasnacht, hey!!"

„Halt, stopp!", wollte der Hauptkommissar die Stimme zum Verstummen bringen. Vergeblich.

„Du hast mich sitzen lassen, Schatzi! Ich musste den letztjährigen Bummelsonntag ganz alleine durchstehen – wenigstens zu Beginn – bis der Joggie von den Schiineblooser-Waggis kam und sich hingebungsvoll um mich kümmerte.

Ich habe deine Telefonnummer unten im Keller bei meinen Fasnachtssachen gefunden. Auf dem mit Strichen vollgekritzelten Bierdeckel – da waren auch deine Tees drauf. Da habe ich mir gedacht, ich ruf mein Fasnachtsschatzi mal an", plauderte Anita ohne eine Atempause einzulegen munter weiter. Schmeitzky hatte keinen blassen Schimmer, dass er dieser Anita seine Telefonnummer gegeben haben sollte – seine Geschäftsnummer zumal. „Eigentlich undenkbar, oder?", war sich Schmeitzky seiner

Sache plötzlich nicht mehr ganz so sicher. Aber sicher für ihn war, dass er während der vor der Tür stehenden Fasnacht unter keinen Umständen mit Anita Tee trinken würde. Weder im ‚Schoofegg' noch sonst irgendwo.

„Also, am Mittwoch in zwei Wochen sehen wir uns. Am vieri am Noomidag im ‚Schoofegg'!", fuhr Anita unbeirrt fort, weil von ihrem noch immer verdutzten Schatzi kein Einwand kam.

Hauptkommissar Schmeitzky war wie elektrisiert! Seine Gehorsamkeit auf Befehle irgendwelcher Art war weit herum bekannt und ein charakteristisches Sinnbild seines Handelns. „Aber jetzt ist es genug. Ich gehe nicht ins ‚Schoofegg'!" Der Widerstand gegen den ‚Befehl' von Anita, der sich in ihm regte, ging ihm dabei ziemlich auf den Wecker. Die Selbstsicherheit des Hauptkommissars richtete sich an diesem aufflammenden, ungewohnten Widerstand erheblich auf. Natürlich hätte Schmeitzky an besagtem Mittwochnachmittag rechtzeitig in der Fasnachtsbeiz erscheinen können. Aber irgendwie trotzig baute er einen einstündigen

Bummel durch das Kleinbasel ein. Von der Mittleren Brücke stieg er die Treppenstufen auf der linken Brückenseite hinab, anstatt den direkten Weg durch die Utengasse zum ‚Schoofegg' zu nehmen. Der Hauptkommissar, immer wieder mal einen prüfenden Blick auf seine Armbanduhr werfend, ging den Rhein entlang und bog in die Leuengasse ein. Oben, beim Eramusplatz angekommen, entschied er sich, sich ein paar Minuten auf der Bank der BVB-Bushaltestelle zu entspannen. Der Minutenzeiger auf seiner Uhr hatte noch keine Umdrehung gemacht, war Schmeitzky schon wieder auf den Beinen. Zwanzig Minuten nach drei. Sein Weg durch das Kleinbasel führte ihn durch die Klybeckstrasse in Richtung Dreirosenbrücke. An der Oetlingerstrasse bog er nach links ab und schaute kurz in einen Secondhand-Laden rein. Die angebotenen Waren interessierten überhaupt nicht, Hauptsache die Zeit verstrich. Ein schneller Blick auf seine Armbanduhr sagte ihm, dass er sich nun beeilen musste, um nicht all zu spät verspätet im ‚Schoofegg' einzutreffen.

Ungemein stolz über seine demonstrierte Ungehorsamkeit erschien der Hauptkommissar, Anita von der Eingangstür der Beiz her unsicher anlächelnd, erst um viertel nach fünf am Stamm im ‚Schoofegg'.

Göttibueb

Grollimunds begünstigter Göttibueb Dominique hatte sich, laienhaft und in Geldgeschäften unbedarft wie er war, bei einer Investition gründlich in die Nesseln gesetzt und sah sich unversehens mit einer rückzahlbaren Forderung von 250'000.- Schweizer Franken konfrontiert.

Dominique hatte die verheissungsvolle Broschüre, die der von seinen Eltern abonnierten Zeitung beigelegt gewesen war, mit wachsendem Interesse durchgelesen. „Der steuerfrei in ihrer Freizeit erarbeitete Verdienst ist auch Geld!" und „Grosse Gewinne erzielen innert sechs bis acht Wochen garantiert", hatte da gestanden. Das war genau das, worauf Dominique, der Sohn von Grollimunds Bruder, gewartet hatte!

Dominique nahm Kontakt zur im Inserat angegebenen Adresse auf und setzte, unvorsichtig geworden, überall dort seine Unterschrift hin, wo es ihm der Verkäufer der Träume von Reichtum, Glanz und Gloria gesagt hatte. Und, es liess sich gut an! Die versprochenen Zahlungen wurden in den ersten Wochen regelmässig auf sein Konto überwiesen. Bei Dominique stieg die Zuversicht, dass er nun seine lang gehegten Träume wahr machen könne. Der unbedarfte Neufinancier nahm bei einer Kleinbank zusätzlich einen Kredit auf und investierte den Betrag bei seinem Traumverkäufer, der ihm einen höheren Zins zahlte, als den, den Dominique bei der Kleinbank für seinen Kredit bezahlen musste. Mit der Zinsdifferenz von immerhin drei Prozent zu seinen Gunsten konnte Dominique sich einiges anschaffen, das er schon immer haben wollte. Nur, was er nicht bedacht hatte: Geldverleiher sind nun mal von Haus aus keine Spender oder Biedermänner im Gewähren von

Krediten, auch wenn die Werbung einem potenziellen Kunden dies weismachen will.

„Am Schluss wird abgerechnet", besagt ein sehr treffendes Sprichwort. Und, wer nicht gut aufpasst und die Regeln in diesem Business nicht kennt, ist in Wirklichkeit der, dem am Schluss die Rechnung präsentiert wird. Das von Dominique beim Kreditgeber aufgenommene Geld war beim Traumverkäufer in guten Händen – aber die versprochenen Zinszahlungen wurden immer weniger und blieben schliesslich ganz aus. Weder auf telefonischem Weg noch via Internet war sein Anleger erreichbar. Alle Kontaktmöglichkeiten waren gelöscht worden. Einzig der Kontakt zum Geldverleiher blieb unverändert intensiv und gut.

Praktisch über Nacht waren die Träume vom schnellen Geld verflogen. Anstatt in der Businessclass für drei Wochen in die Ferien auf die Malediven zu fliegen, ging es mit dem Sparbillett der SBB in der zweiten Klasse in die Ferien auf einen Zeltplatz in der Innerschweiz, wenn überhaupt. Anstelle des schnittigen roten Cabriolets aus Maranello, das er sich auf der

Ferrari-Palette angeschaut hatte, musste nun das gebrauchte ‚Tigra' aus dem Keller seiner Freundin als Transportmittel herhalten. Die neue Wohnwand von Pfister mit dem riesigen Fernsehteil blieb beim Möbelhändler im Schauraum stehen. Er schaffte sich das wesentlich günstigere IKEA-Produkt BRIMNES an. Dank der tatkräftigen Hilfe seiner Freundin gelang es ihm, diese wandartige Wohneinrichtung innert dreier Tage selbst zu montieren.

Der gute Onkel

In seiner bedrohlichen finanziellen Schieflage besann sich Dominique auf seinen guten Onkel Christian, der bei einem Familienessen einmal mit einem wölfischen Grinsen erwähnt hatte, dass ‚alles machbar ist, wenn man nur will', bevor er den nächsten, zu gross geschnittenen Brocken Weissbrot ins dampfende Käsefondue hielt.

„Wie viel brauchst du?", fragte ihn der Bruder seines Vaters einzig, als Dominique seinem

Onkel die ganze Geschichte erzählt und ihn um Hilfe angegangen war.

„Viel, Onkel, zu viel für mich! Gegen dreihundert."

„Dreihundert was, Birnen, Äpfel?" fragte der Onkel kurz angebunden nach. „Dreitausend? Dreissigtausend?"

„Dreihunderttausend!", stiess Dominique mit zitternder Stimme leise zwischen zusammengebissenen Zähnen hervor.

„Beobachte den Kontostand bei deiner Bank in den nächsten Wochen, mein Junge, da kommt bestimmt etwas rein!", war alles, was der gute Onkel dazu zu sagen hatte. Die unbewegte Gönnermiene, die Onkel Christian dabei aufgesetzt hatte, sollte besagen, dass diese Angelegenheit für ihn nur eine unbedeutende Alltäglichkeit sei.

Onkel Grollimunds unheilvoller Gönnerbeitrag

Seinem Göttibueb Dominique eine mit Geldscheinen prall gefüllte Kassette zu schenken, wäre für Christian Grollimund die bessere und ungefährlichste aller Lösungen gewesen. So wie es in den Kreisen üblich ist, die schwarzes Geld weiss waschen. Aber das hätte nicht dem Stil des ehemaligen Spitzenbankers entsprochen, der seine Ideen immer sofort und auf seine eigene Weise umgesetzt und vom Tisch haben wollte.

Die Bemerkung von Dominiques Vater, die wie immer den Anflug von Neid und Missgunst in sich trug, dass ‚Onkel Christian als Finanzberater beim Bankverein gross und reich geworden' sei, gehörte genauso zum Ritual der jährlichen Famlienzusammenkunft, wie das reichlich eingeschenkte ‚Verrisserli' aus dem Baselbiet nach dem herrlichen Fondueschmaus.

Die Detektive Schermesser und Graber beim Bier

"Wir trinken kein Bier mehr", sagte Graber bedeutungsvoll zu Dennis Schermesser, als sie an ihrem Stammtisch im „Stadtkeller" auf ihren Stühlen Platz genommen hatten.

„Wieso sitzen wir uns dann hier gegenüber?", fragte Schermesser seinen Kumpel erstaunt. „Ich trinke sicher eine Stange. Oder auch zwei, da kannst du sicher sein! Ich habe gedacht, wir würden ein wenig über unseren Chef plaudern. Über seine Auffälligkeiten und Marotten, die mehr und mehr an den Tag treten."

„T'schuldigung, Dennis. Ich meinte natürlich meine Frau und mich. Wir trinken kein Bier mehr! Das hat Sina so bestimmt. Da ist das Schmeitzkyproblem in den Hintergrund gerückt, verstehst du? Sie möchte nicht, dass etwas schief läuft wegen des Bierkonsums." Dieser hatte vor, während und nach den FCB-Spielen manchmal ungeheuerliche Dimensionen angenommen.

Therese hatte in der Zwischenzeit ihren eindringlich diskutierenden Stammgästen lautlos die üblichen zwei Stangen Bier hingestellt.

„Ist das alles?", fragte Dennis. Oder hat Sina zuviel Gewicht zugelegt und fühlt sich nicht mehr wohl in ihrer Haut?"

„Nein, nein, nichts dergleichen! Sie hat vor ein paar Tagen vertraulich und mit gesenkter Stimme zu mir gesagt: „Thomas, das bleibt vorläufig noch unter uns, ja! Ich habe seit drei Monaten keine Periode mehr bekommen. Da habe ich vorgestern meinen Frauenarzt besucht. Nach der Blutentnahme und einigen allgemeinen Fragen hat mir Dr. Gredig freudig lachend eröffnet: „Sie sind im dritten Monate schwanger, Frau Graber!"

„Und du, du hast nichts davon bemerkt? Typisch du, Papi Thomas!", kommentierte Dennis Grabers unerwartetes Outing mit einem breiten Grinsen.

„Na gut, aber das ist noch nicht alles", sagte Graber mit gedämpfter, unheilvoll tönender Stimme, „das Schlimmste kommt erst noch. Sina hat mir mit enthusiastischen Worten klar gemacht, wie sie sich unsere FCB-Zukunft vorstellt, zu dritt!"

Die zwei Detektive griffen endlich zu ihren Stangen und prosteten sich fast schon verschwörerisch zu.

„Stell dir vor, Thomas", hatte Sina mir mit strahlenden Augen gesagt: „Wir sitzen alle drei in der gleichen Reihe nebeneinander im ‚Joggeli' und schauen unserem FCB zu. Du, unser Nachwuchs und ich – die ganze Familie!"

„Und das ist der Anfang, Dennis. Ich habe schon oft beobachtet, was da abgeht! Hat der Nachwuchs erstmal die Cateringstände entdeckt, ist es vorbei mit Fussball. Während der ersten Halbzeit erwacht bei den Kleinen der heftige Wunsch nach Pommes und einer Cola. „Nein keine Cola, das ist nicht gesund, ein Mineral", erklärt dann die Mutter auf die Gesundheit des Kindes achtend. Also holt Papi Pommes und ein Mineralwasser. Pommes mit Ketchup, natürlich – oder mit Mayo, weil dem Kleinen die Farbe von Mayo besser gefällt, als die von der klebrigen Tomatensauce. Während der Halbzeitpause kehrt dann trügerische Ruhe ein", erklärte Graber seinem gespannten Zuhörer weiter.

„Kaum ist der Anpfiff zur zweiten Halbzeit ertönt, erfasst die Jüngsten die grosse Langeweile und der dringliche Wunsch nach einem Toilettenbesuch. Das Verlangen dorthin zu gehen, wo die Grossen pissen, wird gross und grösser. Gerade vom Klo zurück, quengelt der hungrige Nachwuchs nach einer ‚Joggeliwurst', die er unterwegs auf dem Weg von der Toilette zurück zu seinem Sitz B506 auf dem Grill hatte liegen sehen. „Aber dann gibt es nichts mehr zum z'Nacht", warnt die Mutter ihren Sprössling eindringlich, während der Vater sich entschuldigend wieder seinen Weg durch die Reihe der genervten Zuschauer bahnt, um die verfluchte Joggeliwurst kaufen zu gehen. „Aber nicht mit zuviel Senf!", ruft ihm seine Frau mütterlich besorgt nach.

„Grauenhaft, Dennis", kann ich nur sagen, „grauenhaft!", beendete Thomas Graber seinen Monolog.

„Du hast mein Mitleid, Thomas, wirklich", sagte Schermesser lachend und hob seine zweite Stange Bier – die schöne Schaumkrone war inzwischen in sich zusammengefallen – um mit Graber auf die Zukunft als Familienvater und geplagter Joggelibesucher anzustossen.

Im Zug von Paris nach Caen

Hochwürden sass in seinem schwarzen Talar und dem weissen Bäffchen um den Hals, das ihn wie einen Pinguin aussehen liess, mit hochaufgerichtetem Oberkörper im TGV zweiter Klasse von Basel zu seiner Destination im Norden Frankreichs. Im Gare Paris Saint-Lazare stieg ein Althippie zu und setzte sich auf den Sitz neben Hochwürden. „Noch frei hier?", fragte der mit Jeans, einem bunten Lumberjackhemd und einer mit Nieten besetzten, dunkeln Lederjacke bekleidete Hippie, nachdem er sich bereits hingesetzt und die Beine weit von sich gesteckt hatte. „Sie sitzen ja schon, mein Freund", sagte Hochwürden mit klerikalem Singsang zu seinem neuen Mitreisenden, während seine beiden Hände mit dem grossen Kreuz aus Olivenholz spielten, das um seinen Hals hing. „Wo geht die Reise hin, mein Freund?", fragte Hochwürden, den Kopf leicht geneigt, den Althippie interessiert. „Arromanche oder so", blaffte der Althippie und wischte sich gleichzeitig das blond gefärbte Haar aus der Stirn. „Und Sie, gehen Sie zu einer Abdankung oder so irgendetwas?", fragte der Blondgefärbte gelangweilt zurück.

„Abtei Mont-Saint-Michel", sagte Hochwürden mit hoch erhobenem Kopf. Ein verklärtes Lächeln hatte sich dabei über sein Gesicht gelegt „So, so, nach Arromanches zieht es Sie. Ein trauriger Ort." Das Lächeln war verschwunden. „Ist noch ein schönes Stück Weg bis dorthin", sagte Hochwürden mit jetzt bedrückter Stimme leise.

„Ist mir egal", erwiderte der Althippie schulterzuckend. "Gehe den Friedhof besuchen, da war ich früher schon einmal."

Nachdem zwischen den beiden Reisenden für eine gute Weile Ruhe eingekehrt war und Hochwürden und der Althippie sich gegenseitig verstohlen musterten, sie hatten eben Évreux passiert, sagte der Alt-Achtundsechziger plötzlich: „Chapeau Vater! Gute Aufmachung übrigens. In etwa einer Stunde treffen wir die anderen in der Bar des Hotels ‚Le Dauphin'."

Die wegen des geschäftlichen Untergangs und des Verlustes ihres zuvor berechtigten beruflichen Einflusses in der Finanzszene verbitterten ‚Fünf' waren keineswegs nur die humorlosen, geldgeilen Zeitgenossen, wie man hätte meinen können. Die ‚Fünf' hatten es sich zu eigen gemacht, sich ab und zu an geheimen Orten unter stets geänderten Decknamen und Maskeraden zu treffen – ‚um die Welt vorzuführen', wie sie sagten. Immer wieder sorgte die ‚Zug-Episode', die Joris und Christian erlebt hatten und die diese immer wieder genüsslich und variantenreich zelebrierten, für viel Heiterkeit und entspannte Minuten beim gemütlichen Zusammensein der ‚Fünf'.

Eliane Banderet wird ruhiggestellt

„Setzten Sie sich bitte, Frau Banderet", sagte ihr direkter Vorgesetzter honigsüss lächelnd und zeigte auf den bequem aussehenden Ledersessel im imponierend eingerichteten

Sitzungszimmer des Bankinstitutes. Die ausgesucht teuren Bilder an den Wänden riefen genau den Effekt hervor, für den sie angeschafft worden waren – beim staunenden Betrachter den Eindruck von Exklusivität zu erwecken, in diesem Raum sein zu dürfen.

Den Milizton, den sich der Filialleiter während der militärischen Ausbildung zum Korporal angeeignet hatte und den er gegenüber anderen Untergebenen zelebrierte, liess er für einmal auf der Seite. E. Banderet war in den Personalakten, die er vor der Sitzung konsultiert hatte, als sensible aber durchaus verlässliche Kraft aufgeführt worden. Das Führen von Personalakten war seinerzeit noch von Zweidler eingeführt worden, der alles über „seine Leute" in der Bank wissen wollte. Und es war genau jener Zweidler gewesen – der Filialleiter konnte sich ein kleines Schmunzeln nicht verkneifen, als er daran zurück dachte – der meinte, nach einem Geschäftsessen einer Sekretärin an den Busen greifen zu können. Zweidler räumte später ein, dass dieser Vorfall nur ein kleiner, humoristisch gemeinter Faux-pas war. Er wurde von der Geschäftsleitung trotzdem einvernehmlich mündlich und schriftlich abgemahnt.

„Sie wissen sicher, warum ich Sie zu diesem Gespräch eingeladen habe, Frau Banderet? Richtig, es geht um die Transaktion, die Ihnen auf dem Konto von Herrn Dominique Grollimund aufgefallen ist", fuhr der Banker fort, ohne die Antwort seiner Angestellten abzuwarten.

„Als erstes darf ich Ihnen im Namen unserer Bank gratulieren, dass Sie das ungewöhnliche Börsengeschäft bemerkt haben und dieses dem Vorstand zur Beurteilung zur Kenntnis gebracht haben. Chapeau, wirklich!"

Eliane Banderet, die, wie sie sich sagte, nur ihre Pflicht getan hatte, war von der ungewohnten Lobhudelei leicht errötet und rutschte unangenehm berührt auf dem Ledersessel herum, dessen weiche Polsterung alle störenden Geräusche unterdrückte.

„Nun", führte ihr Chef seinen Votrag fort, „mein Vorgesetzter und ich haben die ungewöhnliche Börsentätigkeit ihres Kunden genauestens analysiert und unter die Lupe genommen und nichts Auffälliges daran finden können. Der Kunde Grollimund hat uns in einem vertraulichen Gespräch versichert, dass es sich lediglich um eine Erbschaftsangelegenheit handle, die über sein Konto als Erbberechtigter abgewickelt worden war. Unter uns gesagt, Frau Banderet, geht es um die Vermeidung von überflüssigen Steuerbelastungen des Klienten. Sie wissen schon." Das vertrauliche Augenzwinkern ihres Vorgesetzten liess Eliane ungewollt an diesem Geheimnis teilhaben. „Aber ich muss es nochmals erwähnen. Die Geschäftsleitung ist stolz, dass sie auf die wichtige Mitarbeit und das Verantwortungsbewusstsein von Angestellten, wie Sie es sind, zählen können. Wir haben zudem beschlossen, Sie im anstehenden MAG als gutes Beispiel, speziell in Bezug auf das Pflichtbewusstsein und das Einhalten von internen Bankregeln, lobend zu erwähnen!"

Das breite Lächeln, das er dabei aufsetzte, liess keine Zweifel daran aufkommen, dass er das Gespräch mit Frau Banderet als Gewinner in dieser heiklen Angelegenheit zu verlassen gedachte.

Am anstehenden Stamm seiner ‚Draischiibe-Clique' vom kommenden Freitag im ‚Concordia' würde er die Erledigung dieser Causa gegenüber seinem Freund Christian ‚Grolli' mit keiner Silbe erwähnen.

Ein weiterer Mordfall in Basel

Unvermittelt fing das kleine, rote Lämpchen, das unten links an Schmeitzkys Telefonanlage angebracht war, aufgeregt zu blinken an. Das konnte zwei Bedeutungen haben. Erstens, dass der Hauptkommissar nach seinem letzten Gespräch den Hörer nicht richtig aufgelegt hatte, oder, zweitens, dass ihn jemand dringend zu sprechen wünschte. Schmeitzky nahm den Hörer von der Tischplatte, drückte auf den roten Knopf, betätigte ‚Lautsprecher' und meldete sich unwirsch: „Ja, was ist? Ich habe bereits einen Mordfall am Hals!"

„Dann haben Sie vielleicht noch einen weiteren", informierte die Stimme aus der Bereitschaft den Hauptkommissar gelassen. „Ein Schweizer Beizer und Massagesalonbesitzer ist an der Markgräflerstrasse in seinem Etablissement ‚Red Hibiskus' angegriffen und, so wie die Information über das Telefon hereingekommen ist, tödlich verletzt worden. Sie werden am Tatort erwartet, Herr Hauptkommissar."

Detektiv Schermesser, der seinem Chef amtliche Papiere ins ‚Allerheilige' gebracht hatte und neben dem Pult stehend auf mögliche weitere Instruktionen wartete, musste sich gedulden.

„Ich bin unterwegs", schnaubte Schmeitzky in den Hörer und knallte diesen auf seinen Schreibtisch zurück. Er hasste nichts mehr, als wenn er beim Lesen von wichtigen Unterlagen gestört wurde.

„Detektiv Schermesser, Sie müssen in den sauren Apfel beissen", sagte Schmeitzky völlig unerwartet. Er war sich seiner Stellung als Chef bewusst geworden und hatte es sich anders überlegt: „Sie übernehmen an der Markgräflerstrasse. Sie erstatten mir Bericht, wenn Sie zurück sind." Der von diesem überraschenden Auftrag überrumpelte Dennis ‚Tilac' Schermesser atmete einmal tief durch und fragte dann ergeben: „Kann ich Graber mitnehmen? Sie wissen ja, Herr Hauptkommissar, vier Augen sehen manchmal mehr als zwei ..."

„Ja, ja, nehmen Sie Detektiv Graber mit – aber der ist ja sowieso immer dabei", fuhr Schmeitzky dazwischen. „Und Regennass natürlich auch, der die vorhandenen Spuren aufnehmen und sichern soll."

Der Einsatz an der Markgräflerstrasse

„Fehlalarm an der Markgräflerstrasse, alle zurück auf Feld eins!", meldete Detektiv Dennis Schermesser der Einsatzzentrale im Spiegelhof, kaum war er mit grellem Blaulicht und gellendem Martinshorn beim „Red Hibiskus" vorgefahren. Eine in einen knappen Minirock gezwängte Dame stand unter der mit farbigen Aufklebern gespickten Eingangstür und blickte dem Detektiv mit schuldbewusster Miene entgegen.

„Ich bin Crissie. Ich habe angerufen. Ich helfe hier manchmal an der Bar aus, wenn mein

Mann auf Geschäftsreisen ist", erklärte Crissie, bevor Detektiv Schermesser seinerseits auch nur Luft holen konnte, um eine Frage zu stellen. „Möglicherweise habe ich in der Aufregung die Worte ‚umbringen' oder ‚ermorden' oder so gesagt", sagte Crissie mit gedämpfter Stimme.

„Sehr gut, Crissie", beruhigte sie der Polizist vom Spiegelhof, „und, wie heissen Sie, wenn Ihr Mann von den Geschäftsreisen zurückgekommen ist?", fragte der Mann vom Spiegelhof trocken. „Gehen wir hinein. Sie möchten mir sicher die Geschichte erzählen, wie es zum Anruf bei der Polizei gekommen ist, oder?"

Noch kaum richtig durch die Tür getreten, schmetterte den Beamten aus dem riesigen, viel zu laut eingestellten Fernseher irgendeine deutsche Heidi ein Liedchen entgegen.

„Abstellen!", brüllte Graber sauer. Der Detektiv war kein Freund von zu lauter Musik – vor allem in der jetzigen Situation eines Fehlalarms nicht.

„Dieser besoffene Mann", verfiel Crissie in den Gassenjargon und zeigte auf eine auf einem Stuhl mit Rückenlehne schlafende Person, „ist hier torkelnd reingekommen und hat gebrüllt: „Gib mir etwas Fleisch für zwischen die Beine, Schlampe! Wenn du nicht gehorchst bekommst du – oder er – die Flasche in die Visage!" Dabei habe er mit einer drohenden Grimasse und der abgebrochenen Weinflasche wild vor Jameseys Gesicht herumgefuchtelt.

„Wer ist denn Jamesey?", fragte Detektiv Graber ruhig und sah sich im Vorraum des Etablissements um. „Ich sehe niemanden, den ich guten Mutes Jamesey nennen würde."

Crissie deutete mit dem linken Zeigefinger auf einen untersetzten Kerl mit schütterem, gelblichem Haaransatz. Er stand, von zwei mit üppigen Oberweiten ausgestatteten Mitarbeiterinnen flankiert, schweigend an der mit den gängigen Flaschen alkoholischer Getränke ausgestatteten Bar.

Mit einem tiefen Seufzer löste sich Jamesey von seinen zwei Damen und begann zu erzählen, wie es ihnen gemeinsam gelungen war, den bedrohlichen Eindringling zu beruhigen.

„Ich habe Tamina und Andromeda mit Fingerzeichen gebeten, sie sollen ihre Brüste aus den Blusen nehmen und sie dem Arschloch zeigen. Diese Masche zieht bei den Querulanten und Besoffenen immer."

„Sieh dir diesen Prachtkohl gut an", habe ich zu ihm gesagt. „Und einen Drink auf das Haus gibt es obendrein. Unversehens hat der Wicht die Flasche auf den Tresen geknallt. Er war zu dem Stuhl getorkelt, auf dem er jetzt sitzt – und ist eingeschlafen."

„Gut, Jamesey. Schlafen. Das wird er weiterhin tun, aber nicht hier. Die Kollegen vom Claraposten werden demnächst vorbeikommen und ihn abholen. In der Ausnüchterungszelle sind immer Plätze frei."

„Und Jamesey", Detektiv Graber hätte vor Wonne beinahe laut mit der Zunge geschnalzt, „Sie werden der Frepo erklären müssen, wieso diese zwei brustlastigen, heldenhaften Damen ohne Arbeitsbewilligungen im „Red Hibiskus" arbeiten.

Was sonst in Basel passiert

Dennis "Tilac" Schermesser, dessen überragender Spürsinn und das Einfühlungsvermögen in die Psyche von Täterinnen und Tätern bei der Basler Polizei legendär waren, war spät zu seinem doppeldeutigen Übernamen ‚Tilac', was soviel heisst wie Liebling, gekommen. Schermesser hatte sich einmal um einen thailändischen Strichjungen gekümmert, dessen Schweizer Besitzer seiner überdrüssig geworden war und ihn verlassen hatte. Die ältere Schwester des Strichers, die als Concierge in einem Basler Hotel in der Nähe des Messeplatzes arbeitete, hatte daraufhin ihren armen Bruder am abtrünnigen Liebhaber rächen wollen. Bei der erstbesten sich bietenden Gelegenheit, bei einem Nachtessen mit seinem neuen Freund im Restaurant ‚Chantaburi', hatte sie den Ex-Liebhaber überraschend angegriffen und ihn mit dem Schlag eines mit herrlichem Phad Thai gefüllten, heissen Wok aus der Küche gegen den Kopf mittelschwer verletzt. Die Concierge und ihr Bruder waren nach dieser mutmasslich vorsätzlichen Attacke von der herbeigerufenen

Polizeistreife verhaftet worden und zu guter Letzt in Schermessers Büro bei der Mordkommission zur Befragung gelandet.

Das mit Eversun gebräunte Gesicht des Ex-Liebhabers des Thaistrichers war vom Typ „kahl rasiert und mit Malibu Bronzigbutter polierter Kopfhaut". Genau der Typ, der mit seiner affektierten Gestik darauf bedacht war, dass seine teure Markenkleidung zur Geltung kam und die gebührende Beachtung fand. Er trug seine Denim Bluejeans unter einem fast schon lächerlich kurzen, knapp unter dem Arschansatz endenden schwarzen Mongolen-Merino Wollmantel von hessnatur. Die ganze, einen Meter und zweiundachtzig Zentimeter grosse, austrainierte, irgendwie unangenehm wirkende Erscheinung, wurde durch die auf Hochglanz polierten hellbraunen, spitzen Lederschuhe mit abgelaufenen Absätzen abgerundet.

Dieser Macker hatte zum Ablauf der von den Thai wunderbar präsentierten Geschichte ausser höflich zu schweigen rein gar nichts zu sagen.

Banyen, die Serviertochter, war, so geht die Erzählung, mit dem gefüllten Wok in der einen und den gewärmten Tellern in der anderen Hand aus der Küche kommend über das auf dem Fussboden spielende Kleinkind des Wirteehepaars gestolpert. Dabei habe Banyen das Gleichgewicht verloren und der heisse Wok sei dem am Tisch 13 sitzenden Gast unglücklicherweise auf den Kopf geprallt. Es tue ihnen sehr, sehr leid, dass der Mann leichte Verbrennungen an der linken Wange und einen stark blutenden Riss am Kopf habe.

Ohne übermässig grosse Anstrengungen gelang es der Basler Thaimafia mit dieser haarsträubenden, wort- und gestenreich erzählten Geschichte die Geschwister aus den Fängen der Basler Polizei frei zu bekommen.

Aus welchem Grund dieser Bagatellfall auch immer bei der Mordkommission gelandet war, wurde nie restlos aufgeklärt.

Unverhofftes Wiedersehen

Ruedi Schmeitzky sass ganz alleine und wieder einmal tief in Gedanken versunken an einem Tisch in der Nähe des Ausgangs zur Terrasse im Restaurant Rialto. Der im beinahe leer getrunkenen Glas schwimmende, arg zerkaute Zitronenschnitz wurde von Schmeitzky argwöhnisch beobachtet.

„Ah, bonjour Monsieur Le Flic", begrüsste Jean-Luc seinen ehemaligen Patienten Hauptkommissar Ruedi Schmeitzky freudig lachend. „Comment ça va, Monsieur le Commissaire? Es ist schön Sie hier anzutreffen. Ich kann Ihnen nun endlich den herzlichen Gruss von Herrn Einstein weitergeben, den er mir schon unzählige Male aufgetragen hat, Ihnen auszurichten. Er vermisst Ihre Anwesenheit und Ihre gemeinsamen alltäglichen Gespräche im Aufenthaltsraum in der UPK. Und, er lässt Ihnen sagen, dass Sie sich wegen des sicheren Eiskastens keine Sorgen zu machen brauchen! Mit dem laufe alles wie geschmiert. Die Frau des US-Präsidenten habe sogar fünf seiner Frigidaires für das ‚Weisse Haus' bestellt!" Der

Hauptkommissar wälzte sich unwillig in seinem Bett herum und versuchte vergebens den Traum zu verscheuchen, der ihn plagte. „Jean-Luc, nicht Einstein, bitte!", war sein letzter Wunsch, bevor er ziemlich gerädert und mit verklebten Augen in seinem völlig zerwühlten Bett an der Herbergsgasse erwachte. „Einen derart grässlichen Traum habe ich seit meinem Abschied aus der UPK noch nie gehabt!", war der erste Gedanke, der Schmeitzy nach seinem Aufwachen in den Sinn kam.

Einstein war während seines zweijährigen Erholungsaufenthaltes in der Universitären Psychiatrischen Klinik sein täglich wiederkehrender, persönlicher Albtraum gewesen. Der Tüftler hatte den Hauptkommissar jeweils schon vor dem Frühstück mit seiner Erfindung des sicheren Eiskastens heimgesucht.

Anweisungen an Monsieur Bob

Salman Bensouda alias Monsieur Bob sass in seinem Hotelzimmer und schaute sich auf TF1 die neuesten Mitteilungen über die weltweit grassierende Hysterie wegen des Hyper24 Virus an. Er wartete auf einen Anrufer, der ihm Anweisungen betreffend des Exekutionsauftrages Magenta geben sollte. Endlich, gegen halb elf Uhr, über den Bildschirm flimmerten gerade Bilder über eine Anti-Hyper Demonstration in Paris, schellte das Telefon.

„Monsieur Bob, ja?", fragte ihn eine hörbar befehlsgewohnte männliche Stimme.

„Oui, Monsieur, à l'appareil!"

„Sie gehen heute Nachmittag um dreizehn Uhr fünfzehn in die Merianschen Gärten und setzen sich dort in das Restaurant an den für einen Herrn Roth reservierten Tisch", instruierte ihn der für den Ablauf des Unternehmens in Basel zuständige Christian Grollimund. Die Serviertochter wird Ihnen unaufgefordert ein weisses, verschlossenes A-4 Couvert an den Tisch bringen. Auf dem darin liegenden Briefbogen ist eine mit grüner Tinte[1] geschriebene

---

[1] Die Tradition mit grüner Tinte zu schreiben hatte der erste M16-Chef, in den Bondfilmen „C" genannt, Mansfield Cummings eingeführt. Möglicherweise hatte Sir Lester

Handynummer angegeben. Die Schrift wird sich nach dem Öffnen des Umschlags innert drei Minuten auflösen, also beeilen Sie sich mit dem Anruf. Sobald die Verbindung hergestellt ist, erwähnen Sie das Codewort „Domino". Die Antwort, „Domino-Zwei" bestätigt Ihnen den Auftrag und Sie können sich an die Ausführung des Mandats machen. Auf der Toilette des Restaurants verbrennen Sie Umschlag und Briefbogen und spülen im Klo die Asche weg. Das Handy, mit dem Sie den Anruf getätigt haben, müssen Sie verschwinden lassen, aber das wissen Sie ja. Ist soweit alles klar, Monsieur Bob?"

„Oui, Monsieur! Und wann bekomme ich den zweiten Teil meines vereinbarten Honorars, Monsieur?" Er wusste eigentlich aus Erfahrung, dass er sein Honorar bekommen würde. Nur dieses eine Mal war die Vorgabe etwas abgeändert worden – er würde das Geld erst erhalten, wenn er wieder nach Frankreich zurückgekehrt war. Die kleine Vorauszahlung hatte er schon auf seiner Bank in Marseille deponiert.

Einfluss auf die Anweisungen an Monsieur Bob genommen. Braithwaith war ein Bondfan der ersten Stunde.

„Diesen bekommen Sie ausgehändigt, wie abgesprochen, wenn die Ausführung erfolgreich über die Bühne gegangen und bestätigt ist. Als kleine Erschwernis müssen Sie nach getaner Arbeit noch zwei Tage in Basel bleiben. Aus Sicherheitsgründen möchten wir nicht, dass Sie die Grenze zwischen Basel und Frankreich kurz nach dem Ereignis passieren. Die Polizei hat nach gravierenden Ereignissen immer ein spezielles Augenmerk auf Grenzübertritte.

Monsieur Bob erschien pünktlich zum vorgegebenen Termin im Restaurant Villa Merian. Die ganze Zeremonie mit dem Umschlag, der ihm eine ältere Serviererin überbrachte, über die Kontaktaufnahme mit der Telefonnummer und der Identifikation Domino/Domino Zwei ging reibungslos vonstatten. Einzig die grüne Schrift auf dem Briefpapier blieb länger als die angegebenen drei Minuten lesbar. Das hatte Monsieur Bob neugierig gecheckt.

Danach schlenderte er gemächlich durch die europaweit grösste öffentlich zugängliche Bartirissammlung der Merian Gärten, ohne deren

Schönheit wirklich wahrzunehmen. Das Handy liess er, nachdem er ihm die Batterie und die SIM-Card entnommen hatte, in den in der Sonne silbern glänzenden Abfallkorb mit dem eingravierten Baselstab fallen. Auf der Fahrt in die Stadt spielte er den Vorgang der Beseitigung Felix Magentas im Kopf einmal mehr durch.

‚Domino' eins und zwei

Felix Magenta wurde von Grollimund dahingehend informiert, dass er nach dem alles entscheidenden Börsentag umgehend telefonisch im Hotel kontaktiert werden würde. Der Besucher würde ‚Domino' als Passwort benutzen, das er, Magenta, zwingend mit ‚Domino Zwei' quittieren müsse. Mit dieser richtigen Quittierung löse er aus, dass der Besucher ihm seinen finanziellen Anteil am Verrat seines Arbeitgebers in bar aushändigen würde.

„Dieses Vorgehen ist zu unserem gegenseitigen Schutz ausgeklügelt worden", erklärte Grollimund dem Informanten und Verräter der Geschäftsgeheimnisse. „Ausserordentliche finanzielle Transaktionen, die keinen Bezug zu ihrem normalen Salär, den Börsengeschäften oder Boni haben, dürfen auf keinen Fall auf ihrem Bankkonto erscheinen."

Der Zusatzvertrag für den gedungenen Mörder

Ebenso wie das Wissen und die Mitarbeit von Felix Magenta bei dem Grossbetrug war das wahrscheinliche Wissen von Solange den ‚Fünf' zu risikobehaftet. Magenta zu beseitigen war eine Sache, aber im Kontext gesehen musste dessen Sekretärin ebenfalls zum Schweigen gebracht werden. Auch in diesem heiklen Punkt waren sich die Drahtzieher des grossen Börsencoups einig. Dieser Exekutionsauftrag ging ebenfalls an den äusserst zuverlässigen Monsieur Bob. Er musste die beiden Aktionen koordinieren und sie zeitlich nahe beieinander liegend ausführen, bevor er im nahen Frankreich wieder von der Bildfläche verschwinden würde. Monsieur Bobs kurzfristig erstellter Plan sah vor, wie er sich, nachdem er den Teil Eins des Projektes mit Magenta im

‚Les Trois Rois' erledigt hatte, zeitnah um Solange kümmern würde.

Monsieur Bob In der River Suite

Monsieur Bob und der Langzeitmieter Felix Magenta sassen sich am halbhohen Glastischchen der River Suite Balcony im ‚Les Trois Rois' gegenüber. Sie hatten sich eben mit einem bernsteinfarbenen Glenmorangie aus der Zimmerbar auf den erfolgreichen Abschluss des Börsengeschäftes zugeprostet, als Monsieur Bob die Katze aus dem Sack liess. „Domino Zwei", sagte er mit einem Augenzwinkern zum erwartungsvoll auf seinem Sessel sitzenden Magenta, „es läuft, von einer kleinen Ausnahme abgesehen, alles bestens mir ihrer Entschädigung. Es ist uns sehr unangenehm, aber es gibt wegen einer Unachtsamkeit leider bei der Übergabe des Geldes eine kleine Verzögerung. Sie, Herr Magenta, werden sicher verstehen, dass wir ihren Anteil nur in unverdächtigen, kleinen Scheinen, Zehner-, Zwanziger-, Fünfziger- oder allerhöchstens Einhundertfrankenscheinen auszahlen können. Tausendfrankennoten sind sowieso tabu", schwafelte der Mörder weiter auf sein Gegenüber ein. „Sollte einem Banker in den Sinn kommen, die Nummern der Scheine zu notieren, wären sie bald geliefert!"

„Aber ...",

Monsieur Bob schnitt Magenta sofort das Wort ab. „Kleine Scheine für einen derart grossen Betrag, den Sie sich verdient haben, waren bei unserer Bankverbindung nicht vorrätig gewesen."

Monsieur Bob redete Felix Magenta ein, dass sich Solange, zur Feier eines erfolgreich abgeschlossenen Tages, sicherlich über eine Einladung zu einem intimen Nachtessen in gediegener Atmosphäre freuen würde. „Bestellen Sie Ihre Dame gegen ein Viertel nach sieben ins ‚La Fourchette' an der Klybeckstrasse mit seiner ausgezeichneten französischen Küche!", schlug Monsieur Bob Magenta enthusiastisch vor. „In der Zwischenzeit sollte die Bank die nötige Anzahl kleiner Banknotenscheine für Sie beschafft und bereit haben. Es ist nur eine Frage von zwei, maximal drei Stunden, bis ich Ihnen die Summe übergeben darf."

Keine zehn Minuten, nachdem Magenta dem Vorschlag von Monsieur Bob widerwillig zugestimmt hatte, nahm Bob mit Lorraine telefonischen Kontakt auf. „Ruf mich pünktlich um 19.20 Uhr im ‚La Fourchette' an", trug er ihr so eindringlich auf, als ginge es um Leben und Tod.

Monsieur Bob schraubte den Schalldämpfer vorsichtig vom Lauf seiner Glock 26 und steckte ihn die Tasche seines faserfreien Kittels. Er trank den kleinen übrig gebliebenen Schluck Glenmorangie genüsslich aus und wusch sein Glas in der Toilette sorgfältig aus. Mit einem Papiertüchlein wischte er es von möglichen Fingerabdrücken frei. Dann stellte er es in den Schrank zurück, wo Magenta es wenige Minuten zuvor hervorgeholt hatte. Mit der behandschuhten Rechten öffnete er die Tür der Suite einen Spalt weit, warf einen kurzen Blick in den Gang, und als er sah, dass sich dort niemand aufhielt, lief er gemächlich die Stufen zum Ausgang des Hotels hinunter. Mit einem lässig hingeworfenen „Bye-bye", lief Bob am

Concierge vorbei auf die Strasse. Die dunkelbraune Perücke, den schwarzen Stetson und das weisse Hemd, das er über sein beiges T-Shirt angezogen hatte, entsorgte er auf seinem Weg durch das Kleinbasel in einer der grossen blauen Abfalltonnen am Rhein.

Um neunzehn Uhr neunzehn trat der ganz in Weiss livrierte Kellner an Monsieur Bobs Tisch und sagte: „Ihr erwarteter Anruf, M'sieur. In der Kabine." Sein ausgestreckter rechter Arm zeigte dabei auf die dunkelbraune Tür neben der Bar mit dem in Goldfarbe aufgemalten Telefonsymbol.

Monsieur Bob hängte den Hörer ein und verliess die ihn etwas einengende Telefonkabine des ‚La Fourchette'. Ohne zu zögern ging er durch den Raum auf den mit Blumen und einer brennenden roten Kerze geschmückten Tisch zu, an dem Mademoiselle Solange sass. Diese spielte offenbar ziemlich gelangweilt an dem Verschluss ihrer Handtasche herum.

„Guten Abend Mademoiselle Solange. Mein Name ist Bob. Bob von der Kommunikation, präziser gesagt. Herr Magenta lässt sich vielmals entschuldigen. Er ist von der Firma überraschend angerufen worden. Er muss an einer kurzfristig angesetzten, dringlichen Sitzung teilnehmen. Herr Magenta hat mir aufgetragen, sie nach dem Essen von hier bis an die Bar im „Les Trois Rois" zu begleiten, und zu Ihrem Wohl zu schauen. Er wird sofort in die Bar kommen, sobald die Sitzung beendet ist."

Der kurze Weg vom ‚La Fourchette' zum ‚Les Trois Rois'

Monsieur Bob und Solange waren nach dem kurzen, kaum zehn minütigen Spaziergang vom ‚La Fourchette' an den Rhein auf der Höhe der Kaserne angelangt. Er zeigte mit der rechten Hand über den Fluss auf den erleuchteten Balkon der River Suite und sagte zu seiner Begleiterin galant: „Wir sind bald drüben in der Bar des ‚Les Trois Rois'. Just in dem Moment, als er ‚Les Trois Rois' sagte und Solange abgelenkt über den gemächlich dahin fliessenden Rhein zur unaufdringlich beleuchteten Fassade des Hotels hinüberschaute, stiess ihr Monsieur Bob die tödliche Stichwaffe durch den Stoff des dünnen, schwarzen Gucci-Mantels, einem grosszügigen Geschenk von Felix, direkt ins Herz.

Monsieur Bob brachte die Sterbende zu der hinter ihnen am Gehweg stehenden Holzbank, die er notdürftig mit dem Ärmel seines Kittels vom Unrat reinigte, bevor er Solange behutsam hinsetzte. Mit dem letzten Atemzug von Solange verliess Monsieur Bob, ruhig wie ein Spaziergänger, die Szenerie am Rhein. Unmittelbar nach dem Eintreffen im „sicheren Haus" der ‚Fünf' an der Sperrstrasse, schenkte er Lorraine die ‚Printemps', die Bob Solange vorsichtshalber abgenommen hatte.

Monsieur Bobs Fehler

Dem so sehr auf Zuverlässigkeit und Verschwiegenheit bestehenden Berufsmann war beim Mord an Solange der einzige unverzeihliche Fehler in seiner bis dahin überaus makellosen Laufbahn unterlaufen. Der Anblick der zierlichen und teuer aussehenden Uhr am Arm der Toten elektrisierte ihn und liess ihn schwach werden. Dieses prachtvolle Stück Zeit konnte – nein – wollte er nicht zurücklassen. Man wusste ja nie, ob ein Entdecker oder eine Entdeckerin der Verstorbenen ihr diese Uhr klauen würde! Diesem traurigen Umstand musste er Rechnung tragen. Das edle Kunstwerk war wie geschaffen, um es seiner langjährigen Freundin Lorraine zu schenken. Vielleicht konnte er sie damit für die zwischen ihnen aufgetretenen Unstimmigkeiten besänftigen. Es lief nicht gerade gut in ihrer Beziehung in den vergangenen Wochen und Monaten. Die attraktive Blondine hatte ihm sogar mit dem Auszug aus ihrer gemeinsamen Wohnung gedroht, wenn sie zurück in Marseille seien.

Die Frau aus dem ‚Les Trois Rois'

„Die Frau aus dem ‚Les Trois Rois'-Video!", rief Prächtiger aus, als er auf den Körper der Frau sah, die im grellen Schweinwerferlicht

leblos auf der Bank am Rhein sass. Der Chefdetektiv hatte als erstes instinktiv am Hals der Frau nach dem Puls gesucht. Nichts.

„Minus eine mögliche Zeugin", fügte Graber schonungslos kurz und humorlos bei. Wälle, der Stage aus Willisau, starrte mit geöffnetem Mund verständnislos auf die hübsche, aber tote Solange. Dort, wo Solange sass, wirkte die Sitzbank, die üblicherweise um diese fortgeschrittene Zeit mit leeren oder halbleeren Getränkedosen, Tragtaschen der umliegenden Einkaufsläden, Glassplittern und sogar gebrauchten Kondomen versaut war, wie mit einem Tuch gereinigt. Vielleicht war es für die Person, die Solange dort hingesetzt hatte, unerträglich gewesen, diese der grenzenlosen Vermüllung auszusetzen.

Unwillkürlich und nicht zur Situation passend, blitzte bei Chefdetektiv Prächtiger die Erinnerung auf, dass er hier, praktisch am selben Ort, seine Pamela kennengelernt hatte. Er hatte damals den ‚Heiligen Stuhl', wie er sein Fahrrad nannte, auf den Boden fallen lassen und mit einem kühnen Sprung in den Rhein ihren orangefarbenen Schwimmfisch vor dem Untertauchen gerettet. Möglicherweise wäre der Schwimmfisch mit Pamelas Kleidern drin fünf- oder sechs Tage später im Rotterdamer Rheinhafen treibend wieder aufgetaucht.

Regennass nahm, mit seinem eingespielten Team, ruhig und effizient wie üblich die Spurensicherung in einem zehn Meter umfassenden Umkreis um die Holzbank auf. „Kein Regen, keine Schuhabdrücke. Die Zigarettenstummel sind eingesammelt und eingetütet. Die sechs leeren Getränkedosen werden im Labor auf Fingerabdrücke untersucht – und auf DNA-Spuren natürlich", bemerkte Regennass routinemässig.

Pathologe Grässlin, der sich die Tote oberflächlich angeschaut hatte, bestätigte Prächtigers Vermutung, dass die Frau aufgrund der schweren Verletzung die Sitzgelegenheit wahrscheinlich nur mit fremder Hilfe erreicht hatte – oder dort erstochen wurde. Seine erste Aussage schloss der Mediziner wie gewohnt mit dem Standardsatz ab: „Näheres zum Gesamtbild kann ich erst nach der gründlichen Obduktion sagen."

Hauptkommissar Schmeitzky war erst etwa eine Stunde nach der Entdeckung der Leiche zum Team gestossen, das am Rhein im Einsatz stand. Seine Erzürnung war riesig, als er die herumliegenden leeren Flaschen, die gebrauchten Einweggrills und all den anderen wild verstreuten Abfall sah. Sein ausdrucksvolles „Bah" war Ausdruck seiner tief empfundenen Empörung!

„Die Tote, nicht?", stellte der Hauptkommissar fragend fest, dessen Augen sich von den Abfällen abgewandt und zur Sitzbank hin orientiert hatten.

„Ja, Ruedi, das Opfer", bestätigte Prächtiger knapp, von der fehlenden Empathie und der Lakonie seines Chefs keineswegs überrascht.

Das kurze Fazit, das Chefdetektiv Prächtiger nach der Durchsicht des langatmigen Grässlin-Protokolls am nächsten Nachmittag zog, war: Mord. „Einstich direkt ins Herz mit einem ahlenartigen Gegenstand oder einem Messer mit einer sehr dünnen, aber sehr stabilen Klenge. Diese Instrumente verursachen keine starken Blutungen. Unverzüglicher Todeseintritt", wie Dr. Grässlin für einmal kurz und bündig festhielt.

Der obligatorische Zeugenaufruf vom nächsten Tag, ein wichtiges Mittel im Alltag der Polizei, brachte nur eine wenig verheissungsvolle Meldung zutage. Eine junge Frau sagte aus, dass sie und ihr Freund im Holzpark waren, als sie unpässlich geworden sei. Auf dem Heimweg, beim Vorbeigehen an der Kaserne habe sie eine schlafende Person auf der Sitzbank gesehen und zu ihrem Freund noch gesagt: „Das ist schon gefährlich, in einem Guccimantel am Rhein zu schlafen!"

Monsieur Bob kam sich von seiner Freundin arraché vor. Er hatte den Entschluss gefasst, sich nach der Rückkehr nach Marseille definitiv von Lorraine zu trennen. Er konnte es nicht so stehen lassen, dass, kurz nachdem er Lorraine die „Printemps" geschenkt hatte, sie diese bei einem Pfandleiher für ein Butterbrot versetzt hatte. „Nur weil mir ‚dieses kleine Miststück' nicht gefallen hat", wie seine Freundin lapidar gemeint hatte. Dabei ging es eigentlich um ein einfältiges Machtspielchen zwischen den beiden – und dem wollte Monsieur Bob endgültig einen Riegel vorschieben. Er musste seiner kriminellen Umgebung zeigen, dass er durchaus gewillt war, für seine auf dem Spiel stehende Reputation zu kämpfen. Und dazu gehörte es, unpopuläre und schmerzende Entscheide zu fällen.

Bobs hochtouriger Pfister Comet

In der DNA, den Dernières Nouvelles d'Alsace, wurde ‚Un terrible accident près de Besançon' publik gemacht, der sich auf der RD 571 nahe den Grottes Saint-Léonard ereignet hatte, die nur ungefähr fünf Kilometer von Besançon entfernt lagen. Den gefundenen Spuren nach zu urteilen war der Motor des hochtourigen Sportwagens, eines Pfister Comets, explodiert und der Wagen musste sich daraufhin mehrmals überschlagen haben. Die Insassen, eine Frau und ein Mann, die beide nicht angeschnallt gewesen waren, wurden aus dem Sportwagen herausgeschleudert. Sie lagen fünfzig

Meter vom Autowrack entfernt auf dem Grünstreifen neben der Strasse. Die beiden Leichen waren fast bis zur Unkenntlichkeit verstümmelt. Die Gendarmerie fand anhand der herumgezeigten Fotos des gelben Pfister Comet heraus, dass die Insassen unmittelbar vor dem Unfall in einem kleinen Restaurant am Ufer des Doubs zu Mittag gegessen hatten. Die langjährige Wirtin des Gasthofs ‚Le Chien cracheur' beschrieb die zwei Gäste, die blonde Dame und den dunkelhaarigen, gutaussehenden Monsieur, als freundlich, aber nicht übertrieben gesprächig. Sie gaben ihr auf ihre höfliche Frage nach dem „Woher-kommen-Sie" nur die nichtssagende Antwort „de l'Alsace". Alle beide hatten ein Poulet à la Comptoise gegessen. „Ich weiss das so genau, weil ich an diesem Mittag, unüblicherweise, nur gerade zwei Poulets à la Comptoise serviert hatte, obwohl es eine ‚spécialité exceptionelle' der Gegend ist!", sagte die Besitzerin des Restaurants fast schon klagend. Der Monsieur habe cash bezahlt, das sei heute fast schon eine Rarität – und sie habe immerhin mitbekommen, dass die zwei verliebt wirkenden Gäste auf dem Weg nach Marseille waren.

Die Gendarmerie ermittelte über die nur leicht angesengten Kontrollschilder, dass der gelbe Wagen einem Salman Bensouda aus Marseille gehört hatte. Die Beamten vermuteten, dass die Blondine wahrscheinlich seine Freundin gewesen sei – wenn es sich nicht um eine Anhalterin gehandelt hatte. Anhalterinnen und Anhalter waren um diese Jahreszeit auf der beliebten Strecke in den Süden Frankreichs immer sehr zahlreich anzutreffen.

Cécilie

Antoine rührte mit dem Suppenlöffel, der in seiner riesigen und schwieligen rechten Hand beinahe zu verschwinden schien, gedankenverloren in der sizilianischen Brotsuppe mit den extra grossen Zwiebelschnitzen, wie sie nur seine Mutter zubereiten konnte. Seine Ex-Frau hatte leider die Dosierung der Zutaten – Sardellenfilets, Mozzarella und Zwiebeln – nie so hinzubekommen, wie er es sich wünschte.

Antoines Gedanken schwenkten immer wieder zu dem gelben Pfister Comet hin, den er kürzlich für ein ansehnliches Honorar bearbeitet hatte. Einen Wagen dieser Klasse hätte er in seiner Vorstellung schon lange gerne gehabt. „Was nicht ist, kann noch werden", dachte er und schob seinen Wunschtraum einmal mehr beiseite.

„Danke, Mutter", sagte er, nachdem er mit seiner Serviette einen Tropfen Suppe von seiner Oberlippe weggewischt und sich vom Küchentisch erhoben hatte „Ich bin in der Garage, wenn was ist", fügte er fürsorglich an. Mutter wusste immer gerne, wo ihr Sohn war und was er machte.

Der Garagist verliess die kleine Einstellhalle, die zum zweistöckigen Haus an der Rue des Boulangers gehörte und lief zu seinem dunkelblauen Renault Alaskan mit der Aufschrift ‚Garage du Diable Bleu/Grand'Rue Ribeauvillé'. Auf halbem Weg zu seinem Servicewagen hörte er seine sechsjährige Tochter mit ihrer fröhlichen Stimme rufen: „Attends, Papa, tu as oublié quelque chose!"

Antoine hielt inne und drehte sich verwundert um und sah seine Tochter mit flinken

Beinchen auf ihn zulaufen. Die mit einer gelblichen Flüssigkeit halbwegs gefüllte Flasche, die auf der Werkbank im Abstellraum bereit zum Entsorgen gestanden hatte, mit beiden Händen umklammernd. Von diesem Moment an sah Antoine – fast wie im Zeitlupentempo, mit Schrecken alles kommen, wie es kommen musste!

Sein sich ihm schnell näherndes Töchterchen Cécilie, den Inhalt der Flasche, der gehörig durchgeschüttelt wurde, der von seiner Mutter auf dem Asphalt zum Ausklopfen bereit gelegte Eingangsteppich mit dem ein wenig hochstehenden Rand, das Stolpern von Cécilie über eben diesen Rand des abgetretenen Afghans, der Aufprall der Flasche auf dem Asphalt und die sich daraus entwickelnde Explosion, die Cécilie augenblicklich verschluckte. Den mächtigen Feuersturm, der dem Garagisten einen Sekundenbruchteil später das „Non, Cécilie …!" von den Lippen riss, spürte Antoine schon nicht mehr.

In den ‚DNA' wurde das tragische Ereignis in Ribeauvillé nur am Rande unter ‚Autres nouvelles' erwähnt. Da von polizeilicher Seite kein Verdacht auf eine Fremdeinwirkung oder gar auf einen terroristischen Hintergrund vorlag, verlor der Vorfall an der nötigen Brisanz, journalistisch näher darauf einzugehen.

Graber und der Fischmarktbrunnen

Graber, der stets mürrisch wirkende und als sturer Bock verschrieene Detektiv, hatte an der Schifflände beim Fischmarktbrunnen einmal mehr viel zu lange auf seinen Tramanschluss Nummer 17 warten müssen. Eine Wartezeit von über dreissig Sekunden war für ihn schon eine halbe Ewigkeit – und diese Warterei hatte sein Blut in Wallung gebracht. Und dann geschah das, was Graber sich auch in seinen schlechtesten Träumen nie hätte vorstellen können. Der Detektiv stand genervt an den Trog des Fischmarktbrunnens gelehnt und wartete ungeduldig in Richtung der Mittleren Brücke blickend, woher sein Tram kommen musste. Plötzlich, wie von einer Eingebung heimgesucht, drehte er sich um und starrte den oberen Teil des Fischmarktbrunnens an, gerade so, als ob dieser neu hingestellt worden und für die schleppende Tramverbindung zuständig wäre. Und die stolzen Brunnenfiguren schauten auf ihn herunter und liessen keinen Zweifel daran offen, dass sie keine Schuld trugen an der Zeitnot, die den Detektiv plagte. Die stoischen Blicke und das vergebende Lächeln auf den steinernen Gesichtern der Figuren liessen Graber förmlich dahinschmelzen. Der langen Rede kurzer Sinn: Der notorisch den Eindruck schlechter Laune vermittelnde Detektiv Thomas Graber hatte sich im Bruchteil einer Sekunde unsterblich verliebt. Verliebt in einen Haufen von Blumen umgebenen Stein, wie er den Brunnen vor wenigen Augenblicken noch genannt hätte. Der Fischmarktbrunnen, ‚sein' Fischmarktbrunnen an der Tramstation Schiffländ: wurde für den Detektiv zu einem Ort der Ruhe und der Erholung – inmitten des Gewusels der zu ihren Trams und Bussen hastenden Passanten. Das Tram Nummer 17 verliess, vom Detektiv unbemerkt, die Station in Richtung Marktplatz.

Schmeitzky hat Besuch – Vera ist besorgt

"Roman! Ruedi! Er sitzt alleine in seinem Büro und spricht! Er spricht mit Leuten, als ob ihm diese leibhaftig gegenübersitzen würden!"

"Ich habe durch die nur angelehnte Tür zu Hauptkommissar Schmeitzkys Büro ungewöhnliche Geräusche gehört", erklärte Vera Chefdetektiv Prächtiger ihr Vorgehen. "Ich bin zur Tür gegangen und habe sie mit einem kleinen Schubser ein wenig weiter geöffnet. Durch den vergrösserten Spalt habe ich direkt auf Schmeitzky sehen können. Er sass mit einem entrückten, irgendwie glücklichen Gesichtsausdruck an seinem Schreibtisch. "Du bleibst noch ein Weilchen bei mir, Miranda, ja?", sprach er in den Raum hinein. Seine Stirn glänzte vor Schweiss, als ob er gerade von einem anstrengenden Stadtlauf zurückgekommen wäre. Aber Schmeitzky und Stadtlauf geht ja gar nicht, oder Roman? Und überfallartig, als ob er gerade einen Stoss in den Rücken bekommen hätte, sprach er zu Miranda von ‚grossartigen Meistern am Dirigentenpult, die beim Intonieren von Puccinis Tosca mit ihren Taktstöckchen die Musiker zu Höchstleistungen antrieben'. Zu der Miranda, die schon seit Jahren im Grab der Einsamen am Hörnli liegt, Roman! Und unvermittelt verwandelte sich dann seine Miene zu einer wütenden Grimasse." Vera redete immer hastiger, aufgewühlter und eindringlicher auf Chefdetektiv Prächtiger ein. „Wie von Sinnen schrie er durchs Büro: ,,Wo ist mein Kaffee, Jean-Luc!' Es war beängstigend, meinen Schmeitzky in diesem Zustand zu sehen – aber ich musste etwas unternehmen!"

Sie erzählte weiter: „Sie haben gerufen, Herr Schmeitzky?', habe ich gefragt, nachdem ich die Tür zu seinem Office entschlossen ganz geöffnet habe. In diesem Moment, im Bruchteil einer Sekunde, Du magst es nicht glauben, wurde Ruedi wieder zu unserem normalen Ruedi. ,Ja, Vera?', hat er unwirsch gefragt, ,was ist denn?' Und: ,Bringen Sie mir einen Espresso!', hat er mir darauf in herrischem Ton aufgetragen, so als ob der eben abgelaufene Monolog mit Miranda und Jean-Luc nie stattgefunden hätte."

Jetzt, oder erst jetzt, kam dem Chefedetektiv zu Bewusstsein, dass niemand im Dezernat die kurz vor ihrer Versetzung in den Ruhestand stehende, momentan ungemein verhärmt wirkende Vera richtig gekannt hatte. Das Privateben der ewig gutgelaunten Perle war nie zum Gegenstand einer Diskussion geworden. Vera hatte einfach immer vorbildlich gut gearbeitet. Möglicherweise wäre der ausserordentliche Einsatz, den die unverzichtbare gute Seele über die vielen Jahre für die Leute der Mordkommission geleistet hatte, jemandem aufgefallen, wenn sie einmal gefehlt hätte. Aber Vera war immer präsent gewesen. Unpässlichkeit, Migräne oder Krankheit waren für sie seit eh und je Fremdworte. Einzig beim tragischen Hinschied ihres ehemaligen Vorgesetzten hatte sie für die Beerdigung auf dem Wolfgottesacker einen halben Tag frei genommen.

Der Gutmensch Prächtiger beschloss, mit seiner Pamela darüber zu reden, ob sie Vera nach deren Pensionierung als eine Art zusätzliche Grossmutter für ihre zwei Kinder in die Familie einbinden könnten.

Wakuchin Kenkyü

Wakuchin Kenkyü, einem der vielen, kleinen japanischen Start-up Unternehmen im Umfeld der grossen Pharmazeutischen Werke, wie Denki Kagaku Kögyö, Marusen oder Mitsui, war ein Durchbruch in der Entwicklung eines möglichen Impfstoffes gegen den weltweit grassierenden Hyper24 Virus gelungen. Und, wie es der Zufall so gewollt hatte, war der Weltmarktführer aus Basel vor zwei Jahren bei diesem anfänglich Drei-Personen-Unternehmen mit einer finanziellen Beteiligung von fünfundfünfzig Prozent eingestiegen. Enzo Gassi, ein vor vier Jahrzehnten eingebürgerter Nachkomme eines aus Apulien stammenden Maurers, der seit sieben Jahren in Osaka in der Chemie tätig war, war bei einem privaten Meeting im Shimbun-Club zu seiner privaten Meinung zum Hyper24 befragt worden. Aus einer kurzen Frage wurde eine ausufernde Diskussion zum weltbewegenden Thema Virus. Der Shimbun-Club war ein unscheinbares Lokal inmitten der Vergnügungsmeile am Ufer Aji River. In diesem Club trafen sich die in Osaka in der Chemie arbeitenden Expats und ihre japanischen Freunde, die dem westlichen Vergnügungsstil zugetan waren – und sich dabei erhofften, das Interesse der Westler zu erwecken, sich für ihre Entwicklungen zu engagieren. Gassi, der mittelgrosse Mitvierziger mit dem schütter werdenden blonden Haar, war ein analytischer, aufmerksamer Zuhörer. Und ein angefressener Pharmamann – und seit jeher ein noch angefressenerer Anders Iniesta-Fan. Er hatte in den vergangenen zwei Jahren kein Fussballspiel von Vissel Kobe verpasst, seit der Spanier bei den ‚Cows' im Mittelfeld die Fäden zog. Eines der wenigen Dinge, die Enzo Gassi im Land der aufgehenden Sonne gehörig auf die Nerven gingen, waren die Dinner in traditionellen Restaurants mit ihren viel zu kleinen, unbequemen Tischchen. Nach jedem dieser Essen hatte er danach über viele Tage mit Schmerzen in den Knien und den Hüften zu kämpfen. Aber eine Einladung zum Essen auszuschlagen ging wegen der im Land der aufgehenden Sonne authentisch gelebten Höflichkeit – und den alles andere überwiegenden Geschäftsinteressen – natürlich nicht.

Ami Sato war die Frau im Wakuchin Kenkyü-Team. Sie hatte es geschafft, trotz der in Japan weit verbreiteten Machoherrschaft eine wichtige Position zu erobern. Sie erwähnte in einem Gespräch über den Hyper24-Virus fast beiläufig, dass ihr Team der Entwicklung eines Impfstoffes mit gegen neunzigprozentiger Wirkung, ohne nennenswerte Nebenwirkungen, wie die verschiedenen Labortests bestätigten, nahe sei. Natürlich kam diese Äusserung von Sato für Gassi nicht vollständig überraschend, aber so nahe an einem Erfolg zu sein, das elektrisierte den engagierten Pharmamann schon. Gassi verliess den Shimbun-Club an diesem Abend für seine Verhältnisse früh. Er verzichtete sogar auf das letzte Kirin, das er normalerweise noch trank, bevor er seinen Heimweg antrat. Er fühlte, dass die Zeit drängte, die Information an die Mutter, beziehungsweise an Magenta in Basel weiterzugeben. Denn auch die Konkurrenz hielt die Augen offen und die Ohren steif! Da könnten selbst die acht Stunden Zeitdifferenzgewinn, die zwischen Japan und Basel lagen, von entscheidender, weitreichender Bedeutung sein! Das Taxi brachte Gassi nach kurzer Fahrt vom Shinbun-Club zu seinem mit Tatamimatten ausgelegten fünfunddreissig Quadratmeter grossen Flat beim A-waza Minami Park, wo er sich sofort daran machte, eine sichere Verbindung zu Felix Magenta, seinem Basler Kontakt, zu bekommen.

Neues aus Fernost

Magenta war auf seinem Fussweg ins Büro den Schaffhauserheinweg hinauf unter der Wettsteinbrücke angelangt, als das Handy in der Tasche seines blauen, zerknitterten Leinenkittels nervös zu vibrieren begann.

„Konichiwa, Gassi-San", sagte Magenta leutselig, nach einem prüfenden Blick auf das Display. „Was gibt es?"

„Neues aus unserem Wakuchin-Labor!", drang es aufgeregt an Felix Magentas Ohr. „Kann ich sprechen?"

Magenta nahm sein Handy vom Ohr weg, schaute auf das Gerät und vergewisserte sich, dass er mit dem sicheren Mobile am

Telefonieren war. „Alles okay, Gassi. Du kannst loslegen."

In den folgenden fünf Minuten setzte Gassi Magenta ins Bild, was sich im japanischen Labor alles getan und welche entscheidenden Fortschritte erzielt worden sind. Er wies ihn darauf hin, dass es sich nur noch um wenige Tage handeln konnte, bis die Nachricht, dass ein neuartiger, hochwirksamer Impfstoff gegen den Hyper24 gefunden worden sei, die Welt in Aufruhr versetzen und verrückt machen würde.

„Ich muss, Gassi-San. Danke für Deinen Anruf. Sayonara!", rief Magenta mit aufgeregter Stimme in sein Handy und drückte auf die End-Taste.

„Verdammt, Rosenlauer!", durchfuhr es Felix Magenta siedendheiss. „Ich muss Rosenlauer umgehend ausrichten, was Gassi mir soeben mitgeteilt hat." Das war sein Teil des Handels, den er eingegangen war und den er einhalten musste. Es ging schliesslich auch um sehr viel Geld. Es interessierte Magenta nicht im Geringsten, wie viel Geld Rosenlauer und seine Hintermänner aus dem Wissen herausschlugen

– es ging ihm nur um den Riesenhaufen Geld, der auf ihn selbst wartete – und um die anstehende, sehnlichst erwartete Genugtuung, es seinen undankbaren Chefs gezeigt zu haben.

Reaktionen auf die Fake News

Euphorie, Hysterie, Geiz, Geschäftssinn, Futterneid und die in Aussicht stehenden Milliardengewinne der Pharmafirmen stahlen den steigenden Hy-Hy24 Pandemiefallzahlen die Show. Die Neuigkeiten über das in Kürze auf den Markt kommende Medikament verdrängte die täglichen, atemberaubend schlechten Schlagzeilen von den Frontseiten der Tageszeitungen – und vernebelte den Akteuren die klare Sicht auf die sich abspielenden Ereignisse. Die Fernsehgesellschaften rieben sich die Hände, ob der rasant steigenden Einschaltquoten für ihre Nachrichtensendungen. Die Meister der Vermarktung erhöhten ihre Preise für die Werbeminute um satte fünfunddreissig Prozent, um diese wenig später noch weiter nach oben anzupassen. Die Aktien der an den Börsen gehandelten Werte der Reisebranche, die sich sofort mit überhöhten Flugpreisen am Markt zurückmeldeten und aller daran hängenden Zulieferer, wie die Hotelunternehmen und Dutyfreebetreiber an den Flughäfen, schossen in die Höhe. Ganz zu schweigen von den Restaurant- und Barbetreibern, die als Reaktion auf die bahnbrechende Ankündigung eines wirksamen Impfstoffes oder vielleicht sogar eines Medikaments umgehend forderten, dass alle geltenden Sicherheitmassnahmen sofort ausser Kraft gesetzt werden müssten.

Willkommene staatliche Hilfestellung

Die Geldgier und die Profitsucht lieferten sich ein für alle Seiten lukratives Rennen um die Polepositionen beim Abzocken der wie aus einem Füllhorn sprudelnden Gelder. Win-Win. Betriebe und Firmen, die schon vor dem Ausbruch der Hyper24-Viruspandemie unrentabel geschäftet hatten, witterten die frische Morgenluft, um sich mit dem vom Staat zur Verfügung gestellten Kapital aus ihrer wirtschaftlichen Misere befreien zu können. Alle Instrumente der menschlichen Eigenarten wurden bespielt, um an die vom Bundesrat grosszügig feilgebotenen Moneten zu kommen. In misslichen Schwierigkeiten steckende CEOs sahen die grosse Chance gekommen, dank des Hyper24-Virus ihre Fehleinschätzungen bei früheren, wichtigen Entscheiden durch die Hilfe von aussen kaschieren und möglicherweise zurechtbiegen zu können.

Dr. Grässlins unbekannte Seite

Chefdetektiv Prächtiger war gerade auf dem Weg in sein Büro, als er nach dem Verlassen des Lifts unverhofft auf den Pathologen Dr. Grässlin stiess, der in der Mitte einer kleinen Ansammlung von etwa zehn gebannt zuhörenden Mitarbeitern im Korridor stand und sichtlich erzürnt am referieren war.

„... die prallvoll mit Schweizer Franken und Devisen anderer Nationen gefüllten Schatullen der Schweizerischen Eidgenossenschaft hatten sich wie auf einen „Sesam-öffne-Dich"-Befehl geöffnet", sagte er gerade, als Prächtiger dazu kam. „Hunderte von Millionen Franken ergiessen sich über die wegen des Hy-Hy-Virus arg gebeutelten Industriebetriebe, die KMUS, die Gastronomiebetriebe und die Tourismusbranche. Das waren Gelder, die nie in Betracht gezogen worden waren, um der darbenden AHV und anderen Sozialversicherungen auf die Beine zu helfen. Manch einer der auf diese Weise betrogenen Steuerzahler mochte sich Gedanken gemacht haben zu den ewig schwarzmalenden Aussagen der Politiker aus allen Lagern, dass insbesondere die AHV ohne neue Abgaben nur mehr schwer zu retten sei. Ob aus einer dieser Schatullen nicht auch ein Anteil an die Kosten dieses riesigen Sozialwerkes zu entnehmen gewesen wäre?", fragte der Pathologe mit hochgestrecktem Zeigefinger und die Augen rollend rhetorisch in die Runde seiner Zuhörer. „Das ist die berechtigte Frage vieler Bürger. Aber natürlich wäre es, wenn Geld aus diesen vollen Töpfen gesprochen worden wäre, nicht mehr möglich gewesen, die Milchkuh Steuerzahler über die AHV-Abgabe weiter in demselben Masse schamlos zu schröpfen, wie bis anhin."

„Und überhaupt", proklamierte Grässlin kräftig austeilend weiter, „was ist mit all dem Betrug, der Korruption, und der Hinterlist der mächtigen Lobbyisten und der an den Sessel klebenden Volksvertreter, die die gutgläubigen Leute an der Nase herumführen? Kann mir das jemand sagen, he?" Dr. Grässlins Gesichtsfarbe hatte eine ungesunde, kränkliche Rotfärbung angenommen. „Wie kann man den Aussagen der väterlich-besorgt von den Plakatwänden lächelnden Politiker Glauben schenken, wenn sich ihre gemachten Versprechungen kurz nach ihrer Wahl nur als hohles Geschwätz entpuppen?", führte Grässlin seinen Rundumsschlag weiter. „Von der Volksdemokratie zur Wirtschafts- und Finanzfilzdemokratie, in der die Juristen, Anwälte, Sachverständigen und Lobbyisten den Ton angeben, sage ich nur!"

„Und wer", Fredy Grässlin verhaspelte sich beinahe in seinem Eifer, „schaut den Politikern auf die Finger, die schwammig formulierte und vor Schlupflöchern strotzende Gesetze bei jeder sich bietenden Gelegenheit einfach so durchwinken?"

„… und", fuhr Grässlin, wie von der Leine gelassen fort, „solange es Lobbyisten gibt, die vielfach wider besseres Wissen, für eine Sache einstehen, die mehr Bares einbringt, werden gute, wirksame Projekte auf die Abstellgeleise umgeleitet. So sieht die Welt aus!"

Dr. Grässlin schien plötzlich erschöpft, am Ende seiner Kraft und den Tränen nahe zu sein.

„Weine, es hilft". Diese kurz gefassten Worte, die er auf einem Plakat irgendwo in der Stadt gelesen hatte, kamen Prächtiger aus heiterem Himmel in den Sinn, als er Fredy Grässlin noch immer ungläubig anschaute. „Alle Tränen der Welt vermögen vielleicht kurzfristig zu einer Erleichterung verhelfen, aber sonst?", dachte der Chefdetektiv, an der lindernden Wirkung der Tränen zweifelnd.

„Ist das wirklich derselbe, zurückhaltende Dr. Grässlin, mit dem die Pferde durchgegangen zu sein scheinen? Der Dr. Grässlin, den ich meinte zu kennen?", fragte sich der Chefdetektiv nachdenklich geworden. Gerade als er die letzten Meter zu seinem Büro gehen wollte, sah er, wie sich die Türe von Chefkommissar ad interim Breitenstein-Glattfelder öffnete und ein breiter Lichtstrahl in den nur schwach beleuchteten Gang fiel.

„Ich muss Grässlin bremsen!", durchzuckte es Chefdetektiv Prächtiger blitzartig. „Was, wenn Breitenstein-Glattfelder eine jener Personen war, über die der Pathologe gerade herzog? Er konnte sich um Kopf und Kragen reden!" Prächtiger hob seine beiden Arme und winkte Dr. Grässlin über die Köpfe der Zuhörer wild zu. Laut rufend sagte er: „Ein dringender Fall Dr. Grässlin", als ob Grässlins vorwiegend kalte Kundschaft je einmal Eile gezeigt hätte.

Die Kaffeemaschine der ersten Stunde

Schmeitzky hatte versonnen an seinem Schreibtisch gesessen und die alte, etwas verstaubte Kaffeemaschine betrachtet, die wie eine übrig gebliebene Trophäe seiner Ehezeit auf dem Büroschrank neben der Tür thronte, als Vera mit einem frisch aufgebrühten Espresso das Büro betrat. Einem Expresso, so exzellent und herrlich duftend, wie nur Vera ihn brauen konnte! „Ja, die alte Kaffeemaschine", dachte der Hauptkommissar in diesem einen flüchtigen Moment von leichter Wehmut. Seine Ex, Helen, hatte ihm diese zum „ich weiss nicht wievielten Geburtstag" geschenkt. Die „Jura" hatte schon nach wenigen Monaten den Geist aufgegeben und stand noch immer auf dem Schrank, weil Schmeitzky sie nicht flicken lassen oder wegschmeissen wollte. „Ja, die Ehe mit Helen und die drei Kinder, die aus dieser eigenartigen Verbindung hervorgegangen sind, das war schon etwas sehr Spezielles", sinnierte der Hauptkommissar, als seine Gedanken abrupt abschweiften, weil sich sein linker Schuh an der Ferse wieder mal unangenehm ripsend bemerkbar machte. Er musste sich unbedingt ein paar neue, bequemere Latschen kaufen. Er mochte nicht mehr alle paar Minuten mit dem linken Zeigefinger an der drückenden Stelle des Schuhs herumnesteln – das Leder würde so oder so nicht weicher werden. Es gab da einen Outlet-Laden an der Oberen Rebgasse, den er auf seinem früheren Weg von der Ackerstrasse zur Schifflände aus dem Tram heraus wahrgenommen, in den er aber nie hineingeschaut hatte.

Schmeitzkys verpasste Gelegenheit – seine Veränderung

Zehn Uhr fünfundzwanzig. Vera war wieder einmal unterwegs, um ihrem Hauptkommisar seinen geliebten Espresso zu bringen. Während sie das dampfende Getränk ohne einen Schluck in die Untertasse zu vergiessen durch den langen Gang von der Kaffeestube zu Schmeitzkys Büro jonglierte, überfiel sie unversehens eine tiefe Traurigkeit. „Ich mag Händels ‚Largo' nicht mehr hören", hatte Ruedi Schmeitzky ihr vor ein, zwei Tagen aus dem Nichts heraus anvertraut, als sie ihm eine Akte brachte. „Ich habe wieder zu Puccinis ‚Tosca', meiner Lieblingsoperette zurückgefunden."

„Mein Schmeitzky hat sich verändert. Er ist nicht mehr der liebenswert unbeholfene, aber dennoch unverbesserlich selbstsicher auftretende Vorgesetzte, der er vor seinem Erholungsurlaub in der UPK gewesen war".

Annähernd dreissig Jahre waren ins Land gegangen, seit Detektiv Schmeitzky an einem warmen Frühlingsmorgen im Eiltempo über die Mittlere Brücke gerannt war, um in der Rheinbrücke schwarze Kugelschreiberminen zu kaufen. Bei Gabi zu kaufen. Die blonde Gabi machte den entscheidenden Unterschied zwischen den unzähligen Läden, die alle auch schwarze Kugelschreiberminen verkauften. Sie waren im Globus am Marktplatz, in der EPA in der Freien Strasse, im Pfauen, beim ABM oder in einer der vielen Papeterien der Stadt zu bekommen. Aber keines dieser Geschäfte beschäftigte eine Gabi als Verkäuferin, wie die Rheinbrücke sie zu bieten hatte.

„Die schwarzen Minen sind uns leider ausgegangen", teilte Gabi dem Detektiv mit tiefem Bedauern in der Stimme mit, als der danach fragte. „Aber morgen gegen elf Uhr sollte die Nachbestellung da sein."

„Ich werde hier sein – aber erst gegen zwölf Uhr," versprach ein von der blonden Erscheinung, die vor ihm stand und ihn anlächelte, verunsicherter Schmeitzky hastig stammelnd. „Ja, bis morgen!", rief Gabi Schmeitzky nach, der sich schon halbwegs abgewandt hatte und auf dem Weg zur Rolltreppe war.

Es ist anzunehmen, dass Schmeitzkys Werdegang ein ganz anderer geworden wäre, wenn er seinen Schwarm angesprochen und ihm gesagt hätte, was sein Herz ihm befohlen hatte zu sagen.

Aber nein! Der Detektiv hielt inne und stand wie angewurzelt hinter der Auslage mit den diversen Couvertgrössen und schaute Gabi mit grossen Augen zu, wie sie die Kundschaft beriet oder an der Kasse stand und deren Käufe eintippte.

Vierundzwanzig Stunden später war der junge Detektiv Schmeitzky wieder auf dem Weg über die Mittlere Brücke ins Kleinbasel in das grosse Warenhaus. Schneller noch auf den Beinen als tags zuvor, denn Schmeitzky hatte endlich einen Entscheid getroffen. Er hatte gegen vier Uhr am selben Morgen, nachdem er sich über Stunden unruhig in seinem Bett hin und her gewälzt hatte, beschlossen, Gabi zu fragen, ob sie mit ihm essen gehen würde. Es gab am Barfüsserplatz, da, wo die ‚Farnsburg' mit seinem ‚Postillon d'amour' zu Hause gewesen war, dieses neuartige amerikanische Restaurant, McDonalds, das Hamburger zu günstigen Preisen versprach. Schmeitzky konnte es kaum erwarten, jetzt, da er den Entschluss gefasst hatte, diesen der heimlich angebeteten Blondine mitzuteilen.

Im Gegensatz zum Vortag stand nicht Gabi an der Ladenkasse der Papeterieabteilung der Rheinbrücke, sondern ein junger Mann mit Pickeln übersätem Milchgesicht. Dieser erklärte ihm, nachdem er die Spielkonsole aus der Hand gelegt hatte, dass Gabi nicht mehr bei der Rheinbrücke arbeitete.

Mit schweren Schritten und ziemlich niedergeschlagen verliess der um seinen Erfolg geprellte Detektiv die Rheinbrücke durch den Nebenausgang an der Utengasse. Er lief am um diese Zeit schon gut mit Frühschöppnern besuchten ‚Schafeck' vorbei durch das Schafgässlein und das Wild Ma-Gässli zum Rhein hinunter. Hier kam ihm das erste Mal der Gedanke, den möglichen Schuldigen für das Gabi-

Debakel finden zu müssen. Bei sich selbst zu suchen brachte nichts, das wusste Schmeitzky von vornherein, denn er hatte alles richtig gemacht. Er hatte sich die nötige Zeit zum Überlegen geschaffen, um einen womöglich einschneidenden Entscheid zu treffen. Dem pickelgesichtigen jungen Mann an der Kasse der Papeterieabteilung der Rheinbrücke konnte er keinen Vorwurf machen, dass Gabi ihre Stelle aufgegeben hatte. Da blieb nur noch die blonde Gabi selbst übrig, die die Verantwortung für die Misere tragen musste. „Warum hat sie mir nicht gesagt, dass sie den Arbeitgeber verlässt, oder, dass sie mich nicht mehr sehen will?", rätselte der Detektiv tief empört. „Das ganze Theater hat mich vierundzwanzig aufreibende Stunden gekostet!", redete sich Schmeitzky in Rage. Jetzt aber, wo die Frage der Schuldzuweisung geklärt war, fand er allmählich seine innere Ruhe wieder.

Die blondhaarige Gabi blieb, bis zu dem überfallartigen Traum, der den Hauptkommissar in der UPK heimgesucht hatte und damit die eintägige Amoure zurückbrachte, zuvor über Jahre vergessen.

Konferenzschaltung

In ihren jeweiligen Heimatländern sassen die fünf Drahtzieher alle gespannt vor ihren flimmernden Bildschirmen oder Laptops. Die Zeitverschiebung nahmen sie, in Anbetracht der riesigen Gewinne, die sie zu erzielen erwarteten, gelassen in Kauf. Die Verbindungen, die über sichere Leitungen liefen, liessen, ausser einem manchmal feinen Rauschen, keine Wünsche offen.

Joris De Jong hatte es sich in Den Haag in seinem Lieblingscafé, dem Haagsche Bluf, an einem Zweiertisch gemütlich gemacht. Joris hatte nicht auf seiner geliebten Dachterrasse des Cafés Platz nehmen können. Das heftige Tief ‚Daisy', das sich seit Tagen von den britischen Inseln herkommend über der Nordküste Hollands breitmachte und Sturmböen und starke Regenfälle mit sich brachte, liess diese Annehmlichkeit ausnahmsweise nicht zu.

„Meisje, en Fles Palm, alsjeblieft", bestellte er das unerlässliche Bier, nachdem er den obligaten Morgenkaffee hastig zu Ende geschlürft hatte. Der Laptop stand mit aufgestelltem Bildschirm bereit, um ihm das zweifelsohne aufregende Spektakel der Eröffnung der Börsensitzungen in aller Welt direkt an den Tisch zu bringen.

Tankard O'Leary sass entspannt in der Wohnlandschaft in seinem Haus in Eureka, Kalifornien, vor dem übergrossen Bildschirm. Das Casual Warmth Pyjama, das ihn um ein paar Jahre jünger erscheinen liess, verlieh ihm das gewisse ‚Etwas'. Die Flasche Jack Daniels Old No. 7, die er eine Stunde zuvor vom Korken befreit hatte, stand bereits zur Hälfte leer getrunken auf dem annähernd billardtischgrossen Schreibtisch vor ihm. Bis auf zwei Kugelschreiber und ein leeres Blatt Papier lag nichts auf dem riesigen Arbeitsplatz. O'Leary harrte ruhig der Dinge, die bald über den Fernsehschirm zu ihm ins Haus übertragen würden. Die von viel Wind begleitete Hitzewelle und die damit einhergehenden Staubwolken, die sich in den vergangenen Tagen über Kalifornien gelegt hatten, und die die Luft vor den getönten Scheiben seines Anwesens flimmern liess, würdigte Tankard keines Blickes.

Lester Braithwaite wandte seine Augen vom kleinen Fenster ab, durch das er in den wolkenverhangenen Londoner Himmel geschaut hatte, als der altgediente Barkeeper des Churchill Arms Pub mit schleppendem Gang den Earl Grey Tea in sein mickriges Office hoch brachte. In der ‚Daily Mail‘, die über seinen Knien lag, blätterte er immer als erstes zum täglichen Cartoon von Gary Larson, bevor er sich über den royalen und anderen Klatsch ins Bild setzte. Erst danach wechselte er zur Lektüre der ‚Financial Times‘. „Danke, George", sagte Braithwaite zum Bartender. ‚One Eye‘ war in keinerlei Hinsicht anzumerken, dass ein grosser Deal bevorstand.

Lukas Schernegger schien noch Besuch, oder vielleicht auch schon wieder Besuch zu haben. Jedenfalls erweckte die im Hintergrund an den geschlossenen Jalousien vorbei durch das

Bild huschende, nur leicht bekleidete Gestalt, diesen Anschein. Dieser Anschein mochte täuschen, er würde aber durchaus zu dem Ruf passen, der Schernegger als gnadenloser Schürzenjäger und galanter Casanova vorauseilte. Der Deutsche hatte den Abend im Metropolis Kino verbracht. Er hatte sich ‚Gesprengte Ketten' angesehen. Dieser spannende, mit einigen Weltstars in den Hauptrollen besetzte Streifen, war einer seiner Lieblingsfilme, auch wenn die Nazis darin nicht die besten Figuren abgaben.

Christian Grollimund stand noch in Vollmontur, im dunkelgrauen leicht zerknitterten Bruno Banani-Anzug mit Krawatte und Einstecktuch – und bis auf die Socken durchnässt – unschlüssig in der Küche seines Appartements.

„Verdammt, der von grellen Blitzen und heftigem Donner begleitete Wolkenbruch hätte nicht sein müssen!", regte sich Grollimund kurz auf, als er sich den tropfnassen Kittel von den Schultern streifte.

Christian war eben erst von einem längeren Umtrunk nach Hause gekommen, der ihn durch diverse Fasnachtskeller in der Basler Innenstadt geführt hatte. Sein letztes, mit einer Wäntele veredeltes Rugeli im ‚Optimische-Käller', hatte ihm ziemlich zugesetzt. Nach einem längeren, prüfenden Blick in den Badezimmerspiegel und einem kurzen auf seine Omega Seamaster entschied er sich zu Bett zu gehen.

„Die knapp fünf Stunden Schlaf brauche ich schon, um bei Börsenstart auf dem Damm zu sein. Und vor allem, um bei der Konferenzschaltung mit meinen Partnern keinen unausgeschlafenen Eindruck zu hinterlassen!", ging es Grollimund noch durch den Kopf, bevor er beduselt einschlief.

Informationen – konzertiert gestreut

„Da ist etwas am tun!", bemerkte der verantwortliche Leiter des Informationszentrums für die nationale und internationale Presse zu Strasser, seiner rechten Hand im Betrieb. „Schau dir mal die Schlagzeilen an über den

Hypervirus, die plötzlich in allen grossen Zeitungen der Welt auftauchen. Vor allem auf den Wirtschaftsseiten, aber nicht nur …!" Schang Strasser legte die Zeitung, die er am Lesen war, zur Seite und schaltete sich durch die vielen vor ihnen aufgerufenen Presseerzeugnisse auf den Bildschirmen und konzentrierte sich wie immer auf die Aufhänger der Artikel. Alles zu lesen wäre zu viel und unsinnig gewesen.

„Ich glaube Du hast recht", sagte Schang nach einer ganzen Weile zu seinem Vorgesetzten. Alle Schlagzeilen zum Thema Hypervirus sind zuversichtlich formuliert – und alle erschienen fast zeitgleich. „Impfstoffresultate bei Basler Chemieunternehmen lassen aufhorchen" (‚New York Times'), „Labortests bestätigen schnelle Fortschritte" (‚Frankfurt Allgemeine'), „Test machen Mut" (‚Hongkong Morning Post'), „Japanisches Kleinunternehmen sieht Erfolge im Kampf gegen den Hypervirus" (‚Asahi Shimbun'), „90% Erfolgsquote bei amerikanischem Pharmagiganten in Sicht!" (‚Washington Post') „Impfdosen bald millionenfach zu haben?" (‚Financial Times'). Die zumeist im Konjunktiv verfassten Kommentare liessen die Schlagzeilen etwas anders aussehen, aber das Gewicht der Überschrift überwog entscheidend.

Es waren diese genau terminierten und abgestimmten Schlagzeilen die die verantwortlichen Personen in den Regierungen aufscheuchten und zu übereilten Beschlüssen gelangen liessen. Um ihr Volk weit vorausschauend zu schützen, wurden Millionen von noch nicht vorhandenen Impfdosen bestellt und eiligst bezahlt. Sich nicht zu wappnen, würde bei der Bevölkerung auf Unverständnis stossen und könnte bei den nächsten Wahlen einen herben Rückschlag auslösen. Die Entscheidungen der zuständigen Regierungsstellen in Sachen Hyper24 beflügelte sachgemäss auch die Kurse der an den Börsen notierten Aktien und Genussscheine der grossen Pharmakonzerne wie auch der jungen Unternehmen.

Was auf dem Börsen-Parkett läuft

Am Tag der Bekanntgabe der positiven Testergebnisse und der dadurch möglich gewordenen Freigabe für den ersten Impfstoff im Kampf gegen das Hyper24 Virus durch die Swissmedic herrschte schon an der Vorbörse eine chaotisch anmutende Hektik. Alle verrückten Börsenereignisse der zurückliegenden Jahre wurden in den Schatten gestellt. Die Händler wussten, dass viel zusätzlicher Stress auf sie zukommen würde, wenn der Handelstag um 0830 Uhr an allen grossen Märkten in Europa, London, Paris, Frankfurt, Amsterdam und Zürich, eröffnet wurde. Geschwindigkeit war das Zauberwort – und Zuversicht aufgrund des eigenen Wissens. Es wurden die Schachzüge geplant, wie Käufe – oder Verkäufe, platziert werden sollten. Es wurde diskutiert, welche Strategie am ehesten versprach den günstigsten Verlauf zu nehmen, um am Ende des Tages bei den Gewinnern zu sein – welcher Zeitpunkt war der entscheidende, um ein Paket Aktien auf den Markt zu werfen? Zu welchem Kurs sollten die leer verkauften Aktien zurückgekauft werden? Es wurde gerätselt, ob es angezeigt sei, die Käufe oder Verkäufe mit Kurslimiten zu versehen. Das immerhin verminderte das Risiko, zu teuer zu kaufen oder zu billig zu verkaufen.

Handkehrum konnte es auch sein, dass es gefährlich war, kein Risiko einzugehen, um dann neben dem Markt zu liegen. Die Börse war keineswegs ein Einwegtheater. Es gab glückliche Gewinner und gemeine Nutzniesser von Insiderwissen, und wo Gewinner waren, blieben auch die zum Verlieren Verdammten, und teilweise auch die zu naiven Anleger zurück – und die auf dem falschen Fuss erwischten Spekulanten

Eine weitere spannende Frage, die immer im Raum stand, war die, ob die Börsen in Übersee die Kursvorlage, die Europa lieferte, übernehmen würden. Oder, ob die Nachrichten, die in diesen hektischen Zeiten jederzeit eintreffen konnten, das Marktgeschehen auf diese oder jene Seite beeinflussten. Die Händler mussten aufmerksam bleiben und auf alles gefasst sein, um sich sofort den sich verändernden Situationen anpassen zu können.

Handelsbeginn

Bei Handelsbeginn in Europa legten die Aktien des Basler Pharmariesen einen Kaltstart hin. Der Eröffnungskurs legte bei flauem Geschäft nur um enttäuschende drei Prozent gegenüber dem Schlusskurs vom Vortag zu.

Im Gegensatz zum Börsenauftakt in Europa starteten die Notierung der Wakuchinaktie an der Tokioter Börse mit einer um vierzig Prozent höheren Kurseröffnung gegenüber der letzten Notierung einen Tag zuvor. Unter dieser Voraussetzung wurde der Handel mit Wakuchinaktien, allerdings verspätet, ausgesetzt, weil ein börsenkotiertes Unternehmen Pflichtmitteilungen über ein neues Produkt oder eine Übernahme zu tätigen hat, die einen erheblichen Einfluss auf die Kursentwicklung haben könnten. Hierzu bekommen die Kontrollorgane die Pflichtmitteilungen vor deren Veröffentlichung und können den Handel aussetzen, bevor die Nachricht der Allgemeinheit bekannt gegeben wird. Mit dieser Regelung sollte dem Geschäft mit dem möglichen Insiderwissen ein Riegel vorgeschoben werden.

Und genau das wurde ausgerechnet in diesem Fall, aus nachvollziehbaren aber noch nicht restlos geklärten Gründen, nicht gemacht. Aller Voraussicht nach würde wieder einmal ein technischer Fehler im System oder eine Computerpanne für das Ausbleiben der Pflichtmitteilung herhalten müssen. Menschliches Versagen gehört in diesen höchsten Sphären des Finanzsektors nicht zum Wortschatz.

Die Anweisungen an Monsieur Bob – Import und Export eines Mörders

Southend-on-Sea. Diese mittelgrosse Stadt an der Nordsee wurde als Treffpunkt für eine Strategiesitzung im Vorfeld der Pandemieaktion ausgesucht, um allen in etwa die gleich lange Reisezeit zu gewähren – ausser Tankard O'Leary natürlich, der von Kalifornien her die längste Anreise zu bewältigen hatte. Das Hauptthema der Zusammenkunft betraf ihre eigene Sicherheit und die der Akteure, die gewährleistet sein musste. In den Gesprächen und konstruktiven Diskussionen stellte sich schnell heraus, dass die An- und Rückreise von Monsieur Bob zu seinem Einsatzort ausgesprochen sorgfältig geplant werden musste.

Aus der Sicht der ‚Fünf' durfte Monsieur Bob nie in die Schweiz eingereist sein.

„Der grosse Schwachpunkt, den ich jetzt schon ausmachen kann, ist Lorraine. Wie ihr wisst, wird Bob bei jedem Auftrag von seiner grossen Liebe begleitet. Ich glaube nicht, dass seine Freundin in seine Vorhaben eingeweiht gewesen war, aber mitgereist war sie jedesmal."

„Dieses Risiko müssen wir eingehen, wir brauchen Bob", entgegnete Loris Lukas Schernegger, welcher den Einwand gleich zu Beginn des Treffens vorgebracht hatte.

Der letztlich ausgearbeitete Plan sah zusammengefasst vor, dass Monsieur Bob mit seinem Auto nach Ribeauvillé zu Antoines Garage fährt und dieses dort für ein paar Tage einstellt. Schlemmer bringt den Auftragsmörder und seine Begleiterin mit einem unauffälligen Personenwagen älteren Modells und mit französischen Nummernschildern von Ribeauvillé nach St. Louis. Von dort fahren Lorraine und Bob mit dem Tram über die Schweizer Grenze nach

Basel. Getrennt. Bob darf nicht zusammen mit der Blondine gesehen oder mit ihr in Verbindung gebracht werden. Punkt.

Rückweg: Schlemmer lässt Bob und seine Begleiterin bei der ersten Tramhaltestelle nach der Grenze zusteigen. In denselben Wagen, in dem sie zwei Tage zuvor nach St. Louis gefahren waren. Schlemmer bringt das Paar sicher zurück nach Ribeauvillé zu Antoines Garage. Antoine hat in den Tagen bis zu Bobs Rückkehr ausreichend Zeit, den Pfister Comet auf Vordermann zu bringen. Punkt.

Zur Bezahlung: Bob bekommt auf der Fahrt nach Ribeauvillé von Schlemmer mitgeteilt, dass im Handschuhfach des Pfisters der Schlüssel für ein Schrankfach im Bahnhof Besançon-Viotte bereit liegt. Dort ist der restliche Teil des Honorars deponiert. Es wird von Monsieur Bob verlangt, dass er unmittelbar nach dem Leeren des Schliessfachs und dem Verlassen der Stadt per App mit „C'est si bon" bestätigt, dass er die Abgeltung für seinen Einsatz erhalten hat. Punkt.

Champagner-Zvieri

In Basel, auf der anderen Seite der Welt, sassen nach dem grossen Wakuchin-Börsencoup Rosenlauer, Christian Grollimund und Lisbeth, eine jüngere Frau aus dem überschaubar gewordenen Bekanntenkreis von Grollimund, bei einem Champagner-Zvieri in einem Hinterzimmer des Torstübli im Kleinbasel. Die Wirtin hatte dazu ein paar köstliche Lachshäppchen zubereitet. Der Lachs war den beschwerlichen Weg allerdings nicht selbst nach Basel geschwommen, sondern war im Kühlwagen der norwegischen ‚Norskkul'-Gruppe an die Stadt am Rhein gefahren worden. Das von der Rheinministerkonferenz 2013 gewünschte Ziel, die Rückkehr des Lachses bis 2020 nach Basel auf natürliche Art, den Rhein hinaufschwimmend nämlich, wurde, erwartungsgemäss, nicht erreicht.

Im Wesentlichen gesehen, war Christian Grollimund ein eitler, einfältiger, kleiner Junge, der nach dem Lob und der Anerkennung lechzte, die ihm sein Arbeitgeber vorenthalten hatte. Rosenlauer und Lisbeth waren die

Staffage, die er brauchte, um im kleinen Kreis seine Grösse und seinen Einfluss unter Beweis zu stellen. Schlagartig kam in ihm, trotz des grossen finanziellen Gewinns, die Gewissheit hoch, dass das, was er getan hatte, eigentlich lächerlich war. Ihm war klar, dass seine einstige, legale Position, die er in der Finanzwelt innegehabt hatte, nicht wieder zu erreichen und endgültig vorbei war. Christian Grollimund verliess hastig das Hinterzimmer. Er eilte durch den kurzen Gang, riss die M-Tür auf und liess sich auf den heruntergelassenen Toilettendeckel nieder. Der aus Ohnmacht und Selbstmitleid zusammengesetzte mächtige Weinkrampf, der Grollimund überfiel und ihn gehörig durchschüttelte, hatte etwas Unwirkliches und fast Mitleiderregendes an sich.

Im Grunde genommen war Grollimunds Einladung zu Champagner und Lachs nur für Rosenlauer und ihn selbst von Bedeutung. Die beiden Damen hatten keine Ahnung von dem grossen Geschäft, das vor wenigen Stunden über die Börsenbühnen gegangen war.

Chefdetektiv Prächtigers ältere Tochter

Chefdetektiv Roman Prächtiger, der vor einigen Jahren mit seiner Frau Pamela einmal darüber diskutiert hatte, seinen nervenaufreibenden Beruf an den Nagel zu hängen, war noch immer im Dienst. Sein Pflichtbewusstsein hatte es nicht zugelassen, dass er sich den schwierigen Aufgaben, die die Mordkommission zu bewältigen hatte, entziehen konnte. Auch beim aktuellen Fall der ‚Weisse Orchideen', ein Fall der ihn förmlich Tag und Nacht beschäftigte, konnte Roman nicht loslassen. Gerade gestern an einem sonnigen und milden Wochentag hatte sich sein Chef Ruedi Schmeitzky wieder einmal furchtbar danebenbenommen. Ohne zu grüssen war dieser gegen halb neun Uhr am Morgen in sein Büro gestürmt und hatte mit einem selbstsicheren Grinsen auf dem Gesicht lauthals verkündet: „,Weisse Orchideen' ist gestorben, meine Herren! Der Fall ist gelöst." Der mit dem frisch aufgebrauten Espresso in der Hand und den 20Minuten unter den Arm geklemmten, neben seinem Bürotisch stehenden Vera gönnte er keinen Blick. „Ich habe die Akten bis tief in die Nacht durchgearbeitet. Es hat sich alles aufgeklärt. Der Mieter der Suite im ‚Les Trois Rois' hat sich selbst umgebracht!" Schermesser der sein rosarotes Hemd offen trug, sass am Schreibtisch und starrte Schmeitzky mit grossen Augen ungläubig an. Graber, in Sporthosen und den heruntergestülpten Socken in den Farben seines Fussballclubs an den Beinen, kommentierte kurz: „Spitze hingekriegt, Chef", bevor er sich wieder dem Lösen des täglichen Sudoku zuwandte. Der Radiergummi lag griffbereit neben seiner Hand, es ging immer einiges schief, bis er die richtigen Zahlenkombinationen heraus geknobelt hatte.

Chefdetektiv Roman Prächtiger musste die Aussage seines Chefs erstmal zu verdauen versuchen. „Wieso sich selbst umgebracht, Chef?", verfiel Prächtiger in den Jargon zurück, den zu gebrauchen er sich abgewöhnt hatte.

„Die auf dem Boden liegenden frischen, weissen Orchideen haben mich darauf gebracht! Ich habe den ersten Eindruck, den ich hatte, als ich diese unschuldig am Boden liegenden Blumen gesehen hatte, auf den Toten übertragen. Und erst noch die Wasserlache auf dem teuren Teppich. Abscheulich! Ich gehe davon aus, dass Magenta bei diesem schrecklichen Anblick innerlich zerbrochen ist – und zur Pistole gegriffen und sich das Leben genommen hat."

„Aber, wir haben keine Pistole in der abgeschlossenen Suite gefunden und …!", wagte Detektiv Schermesser verhalten einzuwenden.

„Ja, ja", schnitt der Hauptkommissar seinem Detektiv ungeduldig das Wort ab, „daran arbeite ich noch."

„Papi, Papi, uffstoo", waren die ersten Worte seiner älteren Tochter, die Roman Prächtiger hörte kurz nachdem er sich von seinem grauenhaften Traum hatte lösen können. Und er spürte wie ihre Hände zaghaft am dunkelblauen Flanellpyjama an seiner Schulter zupfte. „Papi, Papi, s'Mami het z'Morge baraad."

Die Mordkommission wird ausgebremst

Noch immer-Chefkommissar ad interim Breitenstein-Glattfelder hatte es sich nicht nehmen lassen, an der Orientierung durch Chefdetektiv Prächtiger zum Fall ‚Weisse Orchideen' dabei zu sein. Obwohl er erst tags zuvor von einem dreitägigen, anstrengenden Polizeipräsidenten-Symposium aus Engelberg zurückgekommen war, war er sich nicht zu schade, seine tüchtigen Beamten höchstpersönlich in ihrer Arbeit zu unterstützen. „In persona", wie er seiner Sekretärin für den Eintrag in der Agenda wichtigtuerisch mitteilte. Natürlich musste er deswegen die wöchentliche Tennis-Challenge mit dem Regierungsrat seines Departementes nach vorne schieben, um an der Sitzung dabei sein zu können. Andere, auf die Erledigung wartende polizeispezifische Arbeiten mussten daher wohl oder übel für ein paar Stunden länger liegen bleiben. Ebenso mussten bedeutsame Gespräche mit den Spitzen der Wirtschaftsverbände und Gewerkschaften wegen des Überhandnehmens von Demos jeglicher Art unter dem immensen Zeitdruck leiden. Breitenstein-Glattfelder dachte neidisch an die Polizeikameraden auf der Stufe Chefkommissar der anderen Kantone, die es sich nicht hatten nehmen lassen, zwei an das Symposium angehängte Tage frei zu nehmen und die gute Engelbergerluft zu geniessen – ganz zu schweigen von der exzellenten Küche des Hotel Terrace mit dem Dreisternekoch Adrien, der vom Schweizerischen Wirteverband selbstlos und nur für dieses eine Treffen aus Montreal eingeflogen worden war.

Der soziale Chef

Chefkommissar Breitenstein-Glattfelder schuf für solche von Zeit zu Zeit vorkommenden Situationen zusätzlich eine Stelle in seinem Stab, um die Mitarbeiter vor zu starken Überlastungen zu schützen. Die Person wurde als Co-Leiterin des Sektretariats mit einem sechzigprozentigen Programm ausgestattet und auf Antrag der Stelleninhaberin kurze Zeit später in „Instructing Analystin" umbenannt. Instructing Analystin töne sexier und verantwortungsvoller als Co-Leiterin, war ihre verständliche Argumentation. Mit diesem vom Steuerzahler berappten Akt der sozialen Verantwortung gelang es Breitenstein-Glattfelder selbstkostenfrei, zwei Fliegen mit einer Klappe zu schlagen: Einerseits befreite er damit die Ex-Frau seines längjährigen Tenniskumpels aus den Klauen der Arbeitslosigkeit. Zweitens liess das Einkommen der Frau einen um einige hundert Franken niedrigeren Ansatz für die monatlichen Unterhaltszahlungen seines Sportpartners zu. Der Polizeichef schaute befriedigt in den Badezimmerspiegel, hob mit dem rechten Zeigefinger seine Oberlippe etwas hoch und betrachtete sein makelloses Zahnfleisch. Sein Teint aber schien ihm etwas zu bleich zu sein an diesem Morgen. Er war einmal mehr froh, dass er beim Einbau des Spiegelkastens auf einem dimmbaren Licht bestanden hatte. Nach dem nach unten Regulieren der Helligkeit sah die Welt schon viel rosiger aus.

Die Basler Mordkommission ist schlicht überfordert

"Wir kommen nicht weiter, wir treten an Ort!" Mit diesen, für ihn aussergewöhnlich klagenden Worten, eröffnete Chefdetektiv Prächtiger die Sitzung im stickig heissen Ermittlungszimmer. Hauptkommissar Schmeitzky wollte die Fenster geschlossen halten, weil er sich vor einer drohenden Erkältung fürchtete. „Mein Hals war heute morgen nach dem Aufstehen fürchterlich trocken", liess er seine am Tisch versammelten Detektive wissen. Diese sassen schlecht gelaunt und frustriert in ihren Sesseln, um das weitere Vorgehen im Fall des getöteten Gastes im ‚Les Trois Rois' zu erörtern.

„Fürchterlich, das mit der drohenden Erkältung", sagte Graber mit einem unlustigen Lächeln zu Schmeitzky gewandt, und: „Uns sterben die Leute weg, die vielleicht etwas Licht in die verworrene Angelegenheit hätten bringen können."

Zusammenfassung der Ermittlungen

„Thomas Bemerkung trifft unsere gegenwärtige Lage bei den Ermittlungen im Kern", pflichtete Chefdetektiv Prächtiger seinem Kollegen bei.

„Wir haben bei allen befragten Institutionen vorbehaltlose Unterstützung erhalten. Selbst von der Police Nationale, die sich in der Vergangenheit nicht immer als sehr hilfsbereit erwiesen hatte, wurden unsere Fragen zügig beantwortet. Magentas Arbeitgeber und das Hotel ‚Les Trois Rois' haben uns von Beginn an ihre Kooperation zugesagt und ihr Versprechen auch gehalten. Selbst die normalerweise mit den Auskünften zurückhaltenden Banken sind uns soweit entgegengekommen, dass wir die finanzielle Situation des Opfers praktisch lückenlos dokumentiert haben."

„Ich fasse die verschiedenen Punkte kurz zusammen", sagte Prächtiger.

- Die Police Nationale in Honfleur meldet keine Vorstrafen oder Bagatellbussen

- Die Befragung der Familie des Ermordeten in Honfleur brachte keine verwertbaren Aussagen hervor. Das Opfer sei schon mehrere Jahre nicht mehr in seinem Geburtsort gewesen.

- Das Pharmaunternehmen stellte uns alle Unterlagen zum Anstellungsverhältnis zur Verfügung, inklusive der Lohnunterlagen. Arbeitszeugnisse der vorherigen Arbeitgeber lagen ebenfalls dabei.

- Das Hotel ‚Les Trois Rois' übergab uns den kopierten Mietvertrag für die River Suite Balcony, sowie die Nebenkostenabrechnungen für alle Konsumationen des Opfers.

- Die Ballistiker haben an der von Dr. Grässlin aus dem Hirn von Magenta herausoperierten Kugel keine verwertbaren Spuren gefunden.

- Die Hülse des Geschosses, die Hinweise hätte liefern können, war von dem oder der Täterin vom Tatort entfernt worden.

- Im Waffenregister sind derart viele Waffen aufgeführt, die die Welt in Ordnung halten sollen – diesen persönlichen Hinweis auf den Zustand des Globus wollte Prächtiger in seiner

Zusammenfassung unbedingt drin haben – dass es fast unmöglich ist, die möglicherweise verwendete Glock zu finden. Die Waffe kann vor ihrem Gebrauch zur Exekution des Opfers durch unzählige Hände gegangen sein."

Chefdetektiv Prächtiger holte einmal tief Luft und sagte weiter: „Hinweise auf Personen, die mit dem Fall in Verbindung gebracht werden können, gibt es keine. Es gibt auch keinen Hinweis auf eine Verknüpfung zu anderen Vorkommnissen in der Stadt, die im Zusammenhang mit ‚Weisse Orchideen' gesehen werden könnten. So, wie sich die Lage jetzt darstellt, besteht nur wenig Hoffnung auf eine schnelle Auflösung des Falles. Aber wir bleiben dran, Männer!"

Detektiv Schermesser zweifelt an einem Erfolg

Detektiv Schermesser, der nicht nur Männern sondern auch der Literatur sehr zugetan war, verglich die Situation des Falles ‚Weisse Orchideen' mit einem Buch, das er gerade erst zu Ende gelesen hatte. ‚Roman', sagte der Detektiv, als sie lange nach Dienstschluss die zusammengetragenen Fakten nochmals durchgingen. Die beiden Detektive hofften doch noch eine Spur oder einen möglicherweise übersehenen Hinweis zu finden, die sie in diesem Fall weiterbringen könnte. „Unser Fall hat verblüffende Paralellen mit dem Roman, den ich grade lese, von einem chinesischen Autor – Qui Xialong, ‚99 Särge': Da verschwinden Leute in der Versenkung und kommen einige Buchseiten später als unglückliche Opfer einer verworrenen Situation wieder zum Vorschein. Übertriebene Aktivitäten der Täterschaft haben in diesem Buch schliesslich den Ausschlag zur Lösung gegeben – aber diese Aktivitäten finden wir in unserem Fall nicht.

Magenta, der in seiner Suite Besuch gehabt hatte, von dem wir nichts genaues wissen: umgebracht. Solange, Magentas undurchsichtige Sektretärin, finden wir am Rheinufer: umgebracht. Eine Fremde, die bei einem Pfandleiher eine teure Uhr versetzt, die Solange gehört haben musste: bei einem Autounfall getötet.

Der Weg, den die sündhaft teure Uhr genommen hatte, brachte uns über die beim Unfall im Elsass gefundene Quittung im Handschuhfach des gelben Pfister immerhin auf die Spur von Monsieur Bob, dem ebenso zu Tode gekommenen Wagenbesitzer. Mit dieser Erkenntnis ist gar nichts gewonnen. Wir können nicht nachweisen, ob und wann Monsieur Bob in die Schweiz eingereist ist und ob er sich zur Zeit des Mordes in Basel aufgehalten hat. Und Beweise sind nun mal das A und O bei den Recherchen."

Es herrschte mit einem Mal betretene Stille im bis auf die zwei Detektive leeren Ermittlungszimmer der Mordkommission Basel-Stadt.

„Was bleibt für uns übrig, auf Grund dessen wir handeln könnten?" fragte der Detektiv nach. „Nichts, Roman, rein nichts. Ehrlich, ich blicke nicht mehr durch! Ich glaube wir müssen nicht um den erkalteten Brei herumreden, wenn Kommissar Zufall uns nicht in die Hände spielt, stehen wir auf verlorenem Posten da!" Schermesser wirkte restlos bedient und ratlos.

Schlemmer

„Schlemmer", sagte Sir Lester Braithwaite bestimmt und blinzelte leicht genervt, weil ein Sonnenstrahl durch das halbwegs geöffnete Fenster genau auf sein eines, intaktes Auge fiel.

„Schlemmer?" sagte Tankard O'Leary aus Eureka, Kalifornien, fragend in sein Mikrofon. Er hörte den Mann aus London, mit dem er via einer App der abhörsicheren RedPhone von Open Whisper Systems verbunden war, klar und deutlich.

Und: „Muss das wirklich sein?"

„Der Schweizer hat uns betrogen!", kam es barsch aus London zurück. „Er hat unser ungeschriebenes Gesetz, für das wir uns alle verbürgt haben, gebrochen, in dem er Gelder, „unsere Gelder", wie der Engländer mit vor Erregung krächzender Stimme herausstrich, „für einen Zweck missbraucht hat, der nicht unseren Richtlinien entspricht – und damit unser Unternehmen in Gefahr gebracht!" Sir Lester mochte es ganz und gar nicht, wenn getroffene Abmachungen gebrochen wurden. „Er hat Gelder einer Person ausserhalb unseres Kreises zugehalten – und das über sein einsehbares Bankkonto!"

„Alles klar", kam es jetzt unverzüglich und kühl aus Kalifornien zurück, „Schlemmer. Du leitest unsere einhellige Meinung an unsere Partner weiter, okay?", beendete O'Leary das kurze aber bedeutungsvolle Gespräch.

Bereits fünfunddreissig Minuten nach der Kontaktaufnahme von Braithwaite mit O'Leary war der endgültige Entscheid gefällt. Fünf zu Null für Schlemmer.

Abdankung auf dem Sportplatz Landauer

Grollimunds Abdankung wurde zu einem kleinen Happening unter seinen Freunden und Bekannten, die nach der dreiviertelstündigen Zeremonie in der Kapelle drei auf dem Friedhof am Hörnli zu Bier und einem kleinen Aufschnittteller in der Sportplatzbeiz des Landauers eingeladen waren. Keine – und keiner seiner übrig gebliebenen Kontakte aus der Fasnachtsszene, den Kameraden vom Fussball und der wenigen verbliebenen Geschäftskollegen aus früheren Zeiten konnten nachvollziehen, aus welchen Gründen Christian in den Allschwilerwald gegangen war und sich erschossen hatte.

Die Polizei, die die Waffe neben dem Opfer auf dem Waldboden liegend gefunden hatte, ging, den gefunden Fingerabdrücken auf der Pistole nach zu urteilen, von einer Selbsttötung aus. Bei der routinemässigen Überprüfung des Handys des Verstorbenen hatte sie als letztes einen Anruf aus einer Telefonzelle vom Groten Markt in Den Haag ermittelt.

Monsieur Bob ist selbstbewusst

Bob genoss, vorne neben dem Fahrer sitzend, die Reise durch die schöne elsässische Landschaft. Er freute sich über die offensichtliche Wertschätzung, die ihm zuteilwurde – einen Privatchauffeur hatte er bis anhin noch nie gehabt. Er betrachtete dies stolz als berechtigten Lohn für seine stets gut und sauber geleistete Arbeit. Monsieur Bob freute sich auch auf seinen Pfister Comet! In weniger als einer Stunde konnte er wieder im bequemen Fahrersitz seines Boliden Platz nehmen und auf das Gaspedal drücken. „Ich werde die Fahrt nach Marseille richtig auskosten. Endlich wieder Heimat", jubelte er innerlich.

Kostenlose Garage

„Bin ich dir noch etwas schuldig für das Einstellen meines Autos?", fragte Monsieur Bob den Garagisten.

„Nein, das ist alles geregelt", erwiderte Antoine nicht unfreundlich, aber irgendwie unpersönlich. „Ich wünsche eine gute Fahrt." Kein Händedruck und, unüblicherweise, auch kein freundliches ‚au revoir'.

Monsieur Bob hatte nach der Ankunft in Ribeauvillé unverzüglich im Handschuhfach seines Pfisters nachgeschaut. Und tatsächlich, lag da, vom Sonnenbrillenetui und einer geöffneten Packung Papiertaschentüchern halbwegs verdeckt, ein kleiner, weisser Umschlag mit einem Schlüssel für ein Bahnhofschliessfach in Besançon-Viotte drin, wie sein Fahrer es ihm versprochen hatte.

„Der Schlüssel trägt die Nummer Dreizehn – und die Dreizehn ist bei uns ein ‚jour de chance', ein Glückstag!", sagte Bob strahlend zu Lorraine, die schweigend neben der Beifahrertür stand. Und das war es auch. Bob drehte den Schlüssel in der Hand herum, er freute sich fast schon kindlich.

Schlemmer fuhr dem gelben Pfister Comet in sicherem Abstand auf seiner Fahrt von Ribeauvillé nach Besançon-Viotte noch eine ganze Weile hinterher. Wenige Kilometer vor dem Erreichen von Besançon fuhr er an den Strassenrand und appte „die kinder schlafen". Das nach dieser Mitteilung unnütz gewordene Handy landete wenig später im nahen Doubs – ohne SIM-Karte.

Von der Vergangenheit eingeholt

Der kleine Kopf von Armin, dem rassenreinen Rehpinscher schaute zufrieden aus der

Armbeuge seiner Herrin, die ihn von der Offenburgerstrasse zum Gassi gehen an den Rhein hinuntertrug, in die Welt. Plötzlich spitzte Armin die Ohren: Seine Herrin sprach nicht mehr mit ihm! Die Anwohnerin war auf dem Gang durch die Dreirosenanlage auf einen Mann aufmerksam geworden, der im Sandkasten des Kinderspielplatzes leidenschaftlich nach etwas zu graben schien. Als sie nähertrat um zu fragen, ob sie vielleicht helfen könne, hörte sie den Mann wiederholt mal leise, mal lauter, sagen: „... es ist alles in bester Ordnung, Miranda, komm doch bitte hervor. Du bist in Sicherheit. Niemand tut dir etwas." Dazu habe der Kerl mit beiden Händen wie wild drauflos gegraben und den Sand rücksichtslos auf die Wiese um sich herum verstreut.

Ruedi Schmeitzky hatte sein Karma verbraucht. Er war auf dem Weg ins Nirwana. Sein Geist ging in eine andere Existenzweise über.

Die Rückkehr

„Ah, M'sieur le Flic! Zurück aus dem Urlaub", begrüsste Pfleger Jean-Luc den Hauptkommissar überschwänglich und wie einen lange vermissten Freund, als dieser, von zwei Sanitätern flankiert, durch die Eingangstür in die Abteilung E der UPK eskortiert wurde. „Sie bekommen wieder ihr altes Zimmer. Das mit dem barrierefreien Bett!" Jean-Luc strahlte reine elsässische Freude und Zuversicht aus.

Ruedi Schmeitzky, der bei seinem ersten Erholungsurlaub in der UPK an allem und jedem, was dort passierte oder nicht passierte, etwas herumzumäkeln hatte, hatte mittlerweile die Ordnung vermisst, die in diesem Betrieb herrschte. Da wusste jeder, wo jeder war. Die Betreuer mussten ihre Kunden nicht überall suchen, so wie er, der täglich auf der Jagd nach unsichtbaren und unbekannten Tätern sein Leben auf Spiel setzte – und manchmal erfolglos die Waffen strecken musste.

An seinem neuen alten Wohnort an der Wilhelm Klein-Strasse war alles geregelt. Alles war übersichtlich und die Aufgabenverteilung klar festgelegt. Wohlbehütete Spaziergänge im Garten, regelmässig warme Mahlzeiten, immer zu den gleichen Zeiten aufgetischt, erleichterten das Zusammensein ungemein.

„Was spielte es da noch für eine Rolle, mit welchen, zugegebenermassen zum Teil eigenartigen, Zeitgenossen er am Tisch sass und speiste oder sich anschwieg", fragte sich der Hauptkommissar. „Und, wenn Miranda zu Besuch kommt, gehen wir so oder so im Garten flanieren und haben unsere Ruhe."

Schmeitzky war richtig stolz darauf, dass die von ihm bei seinem vormaligen UPK-Aufenthalt eingebrachten Anregungen und Verbesserungsvorschläge zur Kenntnis genommen worden waren und er nun die Früchte ernten konnte.

Bei seinem ersten Rundgang in der UPK seit seiner noch nicht weit in der Vergangenheit zurückliegenden Entlassung, bemerkte er sofort, dass sein Lieblingssessel an einem anderen Ort in der Glasveranda stand als er es in Erinnerung hatte. Und auf seinem Stuhl sass Einstein, der von der Rückkehr Hauptkommissar Schmeitzkys gehört hatte und irgendwie getrieben sagte: „Ich muss Ihnen unbedingt etwas wirklich Wichtiges mitteilen …!"

Schlussrunde in Marbella

Die kleine Gruppe drei älterer Senioren traf sich im spanischen Marbella, dem kriminellen Hotspot an der spanischen Costa del Sol zum alljährlichen Erholungsurlaub und zum gemeinschaftlichen Golfplausch in der weitläufigen Anlage des verhältnismässig hochpreisigen Marbella Club Hotels. Diese Unterkunft bot den vier gesetzten Herren die verdienten und ihnen angemessenen Bequemlichkeiten.

Der grossgewachsene Fluggast mit dem rasiermesserscharf gezogenen Scheitel, der Kleidung nach zu urteilen ein Deutscher, flog von Berlin via Basel-Freiburg nach Malaga. Ein günstiges Flugangebot hatte ihm diesen kleinen Umweg schmackhaft gemacht. Der Katzensprung mit dem Bus von Malaga an den Zielort Marbella kam ihn nur auf schlappe zehn Euro. Der Passagier mit dem schlohweissen Haar und dem weit in die Stirn geschobenen Bowler, der die dunkelbraune Lederklappe über dem linken Auge beinahe ganz abdeckte, kam von London mit der Ryan Air nach Malaga. Er hatte finanziell gesehen ein gutes Jahr gehabt und leistete sich daher die Taxifahrt vom Flughafen Costa del Sol nach Marbella. Auf den Mann mit dem kleinen Baselstabanstecker am Revers seines Sportjackets wirkte die Reise von Basel nach Marbella dieses Mal ein wenig länger als auch schon, obwohl er sich gerne im Zug irgendwohin bringen liess. Auch der Reisende mit dem rotblonden Haarschopf, der von Amsterdam-Shipol mit der KLM nach Spanien jettete, musste den Weg nach Marbella über Malaga nehmen. Der Mann aus Amerika, der die Seniorengruppe normalerweise komplett machte, musste für dieses Jahr kurzfristig seinen Verzicht auf die Teilnahme anmelden. Eine Feuersbrunst, die in seiner kalifornischen Heimat wütete, hatte sein Anwesen wenige Tage vor der Abreise teilweise zerstört. Die Versicherungen legten wegen der anstehenden Schadensaufnahme ihr vorläufiges Veto gegen seine Abreise ein. Auf den Mann aus Basel, der jeweils einen kleinen Baselstabanstecker am Revers seines Sportjackets trug, wenn er die Bahnreise von Basel nach Marbella antrat, mussten die Geschäftspartner aus bekannten Gründen nicht warten.

Zu Ehren des unglücklich verstorbenen Grollimund wurde am sechzehnten Abschlag des Golfparcours eine kurze Gedenkpause eingelegt. Wobei Sir Lester Braithwaite auf deutsch radebrechte, welchen positiven Aspekt der Hinschied von Grollimund für die vier verbliebenen Haie wirtschaftlich bedeutete. Er verfiel bei dieser Bemerkung in seine angestammte, unzimperliche Sprache zurück: „To divide a win by four is much better than to divide by five!"

Kaffee und Kuchen

Es gab keine Meisterfeier, es gab keine Zeremonie. Die Herren sassen zusammen bei Kaffee und Kuchen, wie man so schön sagt, und genossen die süssen Früchte ihrer Operation. Selbstverständlich gehörte das Zuprosten mit einem guten Tropfen an der Hotelbar nach den anstrengenden Runden auf dem von Dave Thomas gebauten 18-Loch Golfplatz zum normalen Prozedere. Wie die fühlbare Selbstzufriedenheit in ihrem Benehmen, liess sich auch das Durchschimmern einer gewissen Eitelkeit nicht ganz verbergen.

Selbstredend waren massgebende Personen aus den Finanzzirkeln im Zusammenhang mit früheren Ereignissen, wie etwa beim Ebolafieber in westafrikanischen Ländern, der Schweinepest oder der Vogelgrippe, die in China grassierte, gewisse finanzpolitische Ungereimtheiten aufgefallen. Aber diese Ungereimtheiten konnten nie nachweislich an bestimmten Personen oder Institutionen festgemacht werden.

Allen fünf Mammonjunkies war bewusst, dass ihnen nur ein umsichtiges und vertrauensvolles Miteinander weitere Erfolge bringen würde. Die nächste Gelegenheit, um Geld zu generieren würde mit Bestimmtheit kommen. Und dann mussten sie bereit sein zu handeln. Noch war nichts geplant, aber ihr Durst nach Rache und Genugtuung war noch lange nicht gestillt.

Das Rad der Zeit

Die Ermittlungslage im Fall „Weisse Orchideen", wie sie sich zum jetzigen Zeitpunkt präsentierte, erinnerte Chefdetektiv Roman Prächtiger ganz an den "Fall Alex", seinen ersten Mordfall, den er im Schmeitzky-Team als gewöhnlicher Detektiv erlebte. Es fühlte sich an, als ob das Rad der Zeit zurückgedreht worden wäre. Er war damals als Neuling zum Schmeitzkyteam gestossen und war bei den Untersuchungen der kuriosen Vorfälle in der Gartenanlage am Birskopf eingebunden gewesen. Das war zu einer Zeit gewesen, als sein Vorgesetzter Kommissar Ruedi Schmeitzky frisch geschieden war und noch Zigaretten und Cigarillos paffte. Strittmatter-Riesling, der Chef der Mordkommission, hatte damals wegen der fehlenden Perspektive für eine Aufklärung angeordnet, die Causa bis auf Weiteres zurückzustellen.

Da waren ebenfalls Leute ermordet und Spuren verfolgt worden. Aber auch im ‚Fall Alex' war die Ausbeute bei den aufwändigen Recherchen, wie nun bei ‚Weisse Orchideen', zu dürftig und reichte nicht aus, irgendjemanden des Mordes zu überführen und anzuklagen.

Es war für den Jungdetektiv Prächtiger eine prägende Erkenntnis gewesen, seine ersten Ermittlungen in einem Mordfall am Ende als Reinfall erleben zu müssen.

Chefdetektiv Prächtiger befürchtete, nicht zu Unrecht, dass sich dieses Szenario bei ‚Weisse Orchideen' wiederholen könnte.

Und die Anzeichen verdichteten sich zur Gewissheit. Rien ne va plus!

Epilog

Wir leben in einer Welt, wo Moral und Ehre zu Schwäche und Versagen umgedeutet werden, in einer Welt in der Pfründer sich berechtigt fühlen zu regieren, in einer Welt, in der der Wert eines Menschen mehr nach dem Einkommen und von der Höhe seines Bankkontos und nicht seiner guten zwischenmenschlichen Fähigkeiten bestimmt wird, in einer Welt, in der Ehrenämter mit hohen Gehältern und sozialem Ansehen versüsst werden. In einer Welt, in der Sitzungen eines Verwaltungsrates mit hunderten von Franken – pro Stunde notabene – abgegolten und widerstandslos kassiert werden.

Wir leben in einer Welt, in der die Honoratioren das Volk derart dreist und unverschämt belügen, dass sich die Balken ihrer Regierungsgebäude biegen müssten. Unsere Welt wird so bleiben, wie sie ist – und immer war. Der Mensch wird ewig ein Gefangener seines Egoismus bleiben und sich lieber den Bauch verrenken als den anderen etwas schenken.

Investoren, Finanzinstitute, Banken, Vermögensverwalter, Politiker

Wer aufmerksam die Zeitung liest und sich über die Bussen von mehreren hundert Millionen von Franken freut, die den grossen Banken von Zeit zu Zeit aufgebrummt werden, sollte nicht vergessen, dass diese auf fehlbares und vermutlich auch kriminelles Verhalten zurückzuführen sind. Bussen in Millionenhöhe für Institute, die unter der schützenden Etikette ‚Too Big to Fail' im Finanzsumpf operieren, sind für diese sehr wohl und problemlos tragbar. Die Erträge, die mit den gemachten Investitionen erzielt werden, gehen in die Milliarden von Franken – nur werden diese, im Gegensatz zu den Bussen, nie publik gemacht. Das nennt man den Leuten ‚Sand in die Augen streuen'. Den ‚gewöhnlichen' Leuten wird vorgegaukelt, dass ‚die da oben' unter Kontrolle sind und nichts Falsches machen dürfen, ohne erwischt zu werden. Dass unter den vielfältigen Geschäften, bei denen die Finanzinstitute die Finger im Spiel haben, auch Transaktionen, die den Pharmasektor betreffen, dabei sind, darf man ohne grosse Phantasie entwickeln zu müssen, getrost annehmen. Geld vermehrt sich nicht beim Zuschauen, Geld vermehrt sich nur beim Mitmischen.

Anmerkung zu Bob Denard

Bob Denard (* 7. April 1929 in Grayan-et-l'Hôpital im Département Gironde als Gilbert Bourgeaud; † 13. Oktober 2007 bei Bordeaux) war ein französisch-komorischer Söldnerführer. Er selbst nannte sich „Colonel Denard", sein muslimischer Name war Said Mustapha Mahdjoub.

Denards bevorzugtes Ziel waren die Komoren, wo er an vier Putschversuchen beteiligt war. Nachdem er durch einen Putsch im Jahr 1975 den Präsidenten Ahmed Abdallah entmachtet hatte, half er ihm, durch einen weiteren Putsch 1978 wieder an die Macht zu kommen. Nach dem Putsch, den Denard mit 50 Söldnern ausführte, blieben 30 Söldner mit ihm als Präsidentengarde des Präsidenten Abdallah auf den Komoren. Denard wurde komorischer Staatsbürger, brachte die Wirtschaft der Inseln unter seine Kontrolle und galt als inoffizieller König des Inselstaats. Er und seine Leute teilten etwa 90 Prozent der Staatseinnahmen der 300.000 Insulaner unter sich auf. Denard nahm den Islam an und heiratete zwei komorische Frauen.

Anmerkung zum Leerverkauf von Aktien:

Eine Person verfolgt die Vorgänge an den Aktienmärkten, liest täglich den Börsenteil der Zeitungen und macht sich ihre Gedanken zu den wirtschaftlichen Entwicklungen verschiedener Gesellschaften. Sie interpretiert die Aussagen zu den Gewinnaussichten ihrer bevorzugten Firma. Ihrer Meinung nach ist der Aktienkurs ihres beobachteten Unternehmens an der Börse zu hoch. Sie glaubt an eine Reaktion, an ein Sinken des Aktienkurses in nächster Zeit. Sie beschliesst Aktien besagter Firma auf einen bestimmten, zukünftigen Termin zu verkaufen, obwohl sie keine dieser Aktien in seinem Besitz hat. Sie verkauft z.B. hundert Aktien über die Börse in der Hoffnung, diese zu einem späteren

Zeitpunkt etwas billiger zurückkaufen zu können. Die Differenz zwischen Verkauf und Kauf bliebe ihm dann, nach Abzug aller Spesen, als Gewinn vor. Das ist reines Spekulations- und kein Anlagegeschäft. Die Banken bieten zudem noch viele andere Möglichkeiten an, um am Handel mit Aktien teilnehmen zu können.

Danksagung

Ich bin dankbar, dass Fritz Frey mit seinem IL-Verlag meinem Hauptkommissar Schmeitzky-Team einen weiteren Auftritt ermöglicht hat.

Iris Frei hat wieder ein unvergleichlich gutes Cover hinbekommen und mir mit ihrer guten Kenntnis der deutschen Sprache viele Hindernisse aus dem Weg geräumt.

Ich bedanke mich bei allen Schmeitzkylesern für ihre Treue zu meinen Krimis.

Weitere Bornhauser Basel-Krimis

Bornhauser: Mord im Atlantis

Die mörderischen Vorgänge in Basel ließen Hauptkommissar Ruedi Schmeitzky seinen Erholungsaufenthalt in der UPK - Psychiatrische Universitätsklinik Basel - nicht in Ruhe genießen.

IL-Verlag, 2020
Softcover 164 S.
ISBN: 978-3-907237-30-4

Bornhauser: Schmeitzky im Offside oder Der Zwischenfall im Joggeli

Kriminalroman

Das Spiel war gelaufen! Der FC Basel hatte die spannende Fußballmeisterschaft für sich entschieden. Die ganze Stadt war in Festlaune. Wo aber war „Spider", der Spieler des Tages, der mit seinen späten Toren den Match entschieden hatte? Und was hatte Celtic Glasgow mit der ganzen Sache zu tun?

Hauptkommissar Schmeitzky und seine Detektive gehen zur Sache!

IL-Verlag, 2017
Softcover 266 S.
ISBN: 978-3-906240-59-6

Bornhauser: Tote Täter

Kriminalroman

Der hübschen Natascha wird von vier Klassenkameraden aufs Übelste Gewalt angetan. Der Schock und der darauf folgende Verdrängungsmechanismus führen zu einer emotionalen Störung, welche die Partnerschaft mit dem rücksichtsvollen und einfühlsamen Velomechaniker Remy trübt. Als Remy herausfindet, was Natascha bedrängt, wird er nachdenklich und die Ereignisse überstürzen sich. Drei rätselhafte Morde halten die Kriminalpolizei Basel-Stadt in Atem. Ein angekündigter vierter Mord kann nicht verhindert werden. Dem Täter unterlaufen dabei aber Fehler, die auf eine heiße Spur führen.

IL-Verlag 2016
Softcover 224 S.
ISBN: 978-3-906240-40-4

Bornhauser: Tod im Garten

Kriminalroman

Ein Toter liegt in den Schrebergärten am Birskopf. Wer hat Alex ermordet? Der eifersüchtige Brönnimann? Bianca, die verschmähte Liebe? Das Mauerblümchen Hildegard oder gar die temperamentvolle Miranda? Und was hat Xaver mit der ganzen Sache zu tun? Der eigenwillige Hauptkommissar Schmeitzky und sein Assistent Detektiv Prächtiger von der Basler Polizei haben alle Hände voll zu tun.

IL-Verlag 2015
Softcover 192 S.
ISBN: 978-3-906240-19-0